THANKS TO

이 책을 만들 수 있게 용기를 주고 출간의 길을 열어준 전경우 형님, 이가서 출판사 이숙경 대표님, 앞으로 많이 도와주실 하 국장님! 책을 쓸 수 있게 허락해준 코엔미디어 안인배 사장님, 내 글을 옮기고 다듬느라 수고해 준 최은하 작가, 마무리하느라 고생하신 허주영 님! 늘 내게 용기를 주시는 은인 같은 이응진 국장님, 이준익 감독님.

이 책을 낼 수 있게 도와준 심은하, 정준호, 최지우, 박지윤, 이하나, 강현수, 김보성, 김민종, 강남길, 이경영, 정초신 님. 이 책을 쓰게 도와준 故 김형곤 형님, 배병수 형님, 최진실 님! 그리고 심승보 감독, 김태균 감독, 안동규 대표님, 김준종 님. 사진을 책에 실을 수 있게 허락해준 최고의 배우 최민식 형님을 비롯하여 한석규, 배용준, 이다해, 채시라, 신민아, 최강희, 이지아, 이보영, 김민정, 김주혁, 김지수, 이시영, 박시연, 김호진, 엄태웅, 엄정화, 장서희, 김서형, 박예진, 김효진, 김명민, 감우성, 손예진, 손현주, 김강우, 문근영, 김태희, 유준상, 한혜진, 송지효, 박건형, 김소연 등.
기획사, 영화사 대표이신 이동권 님, 김종도 님, 배성은 님, 이정희 님, 김석준 님, 김승호 님, 양근한 님, 심영 님, 김두찬 님! 내가 힘들 때마다 항상 용기를 불어주었던 수호천사 같은 김동주 형님! 한국연예매니지먼트협회 정훈탁 회장을 비롯해 물심양면으로 도와준 김길호 사무국장, 박 간사, 홍종구 부회장, 한공진 이사, 전재순 이사 그리고 우리 한국연예매니지먼트협회 회원여러분들!

1

늘 나와 함께 동고동락하는 심종선을 비롯해, 늘 차분히 얘기하는 이동렬 팀장. 늘 의지가 넘치는 조태근, 김순석, 신주현, 문보경, 신성철 그리고 새 살림꾼 안혜숙 팀장, 언제나 날 도와주는 홍지숙. 늘 투덕거리면서도 서로가 제일 많이 의지하는 우리의 공땡깡, 공형진! 늘 말없이 오랫동안 나를 따라주는 조미령, 늘 시녀병에 걸렸다고 얘기하는 윤지민, 의리가 뭔지를 보여주는 그리고 개그계를 이끌어 갈 옹달샘의 유세윤, 장동민, 유상무! 나이를 거꾸로 먹는 아기 같은 오세정, 늘 씩씩한 윤현민, 늘 잘 웃는 황동현. 중국에서 활동하느라 고생이 많은 최준석, 묵묵히 날 따라주고 나를 믿고 따르는 정양! 궁금한 게 많고 수수께끼 같은 한성주, 앞으로 잘나갈 코엔스타즈 식구들! 코엔미디어 식구로 항상 고심에 찬 이훈희 대표님, 항상 즐거움이 가득한 김민성 부장님, 언제나 철저한 관리가 원칙인 민영권 이사를 비롯한 김영범, 김주연. 항상 미소를 짓는 김재희 차장, 열정적인 조준 차장과 〈기분좋은날〉 팀 피디, 작가 여러분. 코엔의 인연들인 김세현 님, 김경백 님, 김언정 님, 김은경 님. 조용하고 묵묵히 일하는 김홍선, 이준규, 고병현, 권민수 PD를 비롯한 많은 PD와 작가들. 얄밉게 당구를 잘 치는 김중구 팀장, 그밖에 코엔미디어의 모든 식구들!

늘 내 얘기를 들어주는 정성일, 그리고 우리 멤버 친구 김훈, 업다운이 심한 김영일, 독사 김병도, 정 많은 최진한, 꼼꼼한 최영균, 멋쟁이 정준, 성희 형, 은석 님, 미호 님, 경서 님, 지영 님, 정아 님 그리고 마흔 나이에 세상을 떠난 우리 동생 두꺼비 김명현! 명현이를 떠나보내고 명현 친구로 내 좋은 동생이 되어준 승모, 정봉, 상돈, 현진, 승원! 늘 날 따라주는 매니저 동생들인 김유식, 김우진, 윤성빈, 송동운, 황복용, 심정운, 배경렬, 김관민, 최성한, 길종하, 금병근, 김병수, 김유석, 김남형, 김시대! 씨름인에서 연예인으로 대성공한 강호동, 박태현!
남의 아픔을 고쳐주는 의사 선생님 변상현 님, 이도형 님, 양동준 님, 나동규 님, 이선규 님! 그것을 마케팅하는 변봉현, 김영찬 님, 김인수 님, 강지나 님 사이판 동생 케빈병길, 성훈! 함께 고생했던 동생들 정일원, 김형찬, 한창석, 서상욱, 최성수, 박정윤, 김양규, 배성현, 도영복, 이정훈, 황재근. 언제나 편하고 뜻이 통하는 친구 정해익, 김종하, 우상배, 김장욱, 최규원, 김재용, 권경달, 김기홍, 조덕현, 임미정, 방은희!

2

3

늘 잘될 거라고 얘기하는 친구 안혁 그리고 류영근 언제나 넉넉한 웃음을 지니고 있는 편한 친구 배인식! 힘들 때 술잔을 기울이면서 나를 이끌어주셨던 형님들! 강민 형님, 김정수 형님, 최현묵 형님, 정태원 형님, 박무승 형님, 김병기 형님, 유봉천 형님, 조현길 형님, 노희정 형님, 유호천 형님, 엄흥렬 형님, 송완모 형님, 권오성 형님! 늘 좋은 형으로 살다 간 조진만 형님!

멋진 사진작가인 안성진 작가, 한영신 작가, 김민철 작가, 서정익 작가! 조언을 아끼지 않는 김홍 형님! 마음고생이 심한 가수 구정현! 이유 없이 마냥 도와준 오석준 님, 황세준. 언제나 만나면 반가운 임종국 형님! 목소리 큰 동생 함동준 언제나 탱크 같으신 김준호 형님! 먼 나라에 살고 있지만 익살맞고 언제 만나도 좋은 동생 최장혁과 그의 친구 송상엽. 결혼식 때 주례를 해주셨던 김수동 위원님! 결혼식 때 멋지게 스타일을 잡아주었던 김선진 형수님. 나이에 맞지 않게 성숙한 동생 홍의! 그리고 김옥현 님, 오세범, 정용원, 문보영, 서진, 이상길 님! 늘 좋은 얘기를 해주시는 이호연 형님, 이덕화 님, 고재용 형님, 김광수 형님, 권승식 형님, 강승호 형님, 최현식 님, 박진 형님, 이광수 형님, 김동준 형님, 정영범 형님, 김균민 형님, 김동구 형님, 강봉식 형님, 김현태 형님, 엄영관 님, 강봉식 형님, 이도형 형님, 보고픈 이선주 형님, 원종현 형님, 먼 나라에 살고 있는 서영진 형님, 항상 내 편이 되어주던 서석희 님.
힘들 때마다 수많은 소주잔을 함께 기울이던 일교 형, 상훈, 재곤 그리고 많은 조언을 해주던 이재룡 형님! 좋은 후배들인 김웅, 김철웅, 박상욱, 현태, 민상, 이대희, 이상엽, 손석우, 김석영, 정덕균, 박민수, 김대성, 유재웅, 황재근, 신현경, 박용, 이승엽, 양희철, 신병국, 홍종민, 송규원, 차동식, 강명진, 신은철, 박종민, 조원장, 박세준, 봉명필, 김영성, 이호준, 문석환 등.

모든 게 잘됐으면 하는 오랜 동생 최승경 임채원 부부, 김보미 누님, 김성령 님, 연기를 잘 가르치는 김재엽 형님, 이재용 님. 정말 잘되기를 기원하는 연기하는 내 오랜 동생들 박동빈, 이경은, 강경헌, 이현경, 왕희지, 박수현, 김성령 님. 오랫동안 함께 하고픈 서울시립뇌성마비복지회관 정행건 관장님, 오명원 님. 내 생일 때 나 힘들다고 내 대신 생일 파티를 열어준 안재욱 동생!

그동안 나와 함께 일해 왔고 또 스쳐 가며 인연이 되었던 모든 연예인, 매니저, 직원들, 스타일리스트와 사진작가 또 헤어메이크업을 해주었던 사람들!

하회탈 남희석 동생, 언제 봐도 멋쟁이이신 김동극 회장님! 일 욕심이 많은 염지숙 님, 진주. 새로운 인연을 맺은 사람들 신정호 님, 전석 님, 한승원 님, 김영욱 님, 강인경 님, 이문정 님, 조수영 님, 최나미 님. 새로운 인연이 되고 자주 보고픈 무대 배우들 정찬우 님, 정상훈 님, 최우리 님, 최성원 님. 그리고 후너스의 이영훈 회장님을 비롯한 이홍철 님, 이기현 님, 이선주 님, 양진석 님. 내가 가장 힘들 때 아무 이유 없이 선뜻 카드와 돈을 빌려주었던 친구 공성배! 오랜 친구이자 보고픈 친구들 이동성, 김대희, 임재복, 성낙훈, 문근갑, 성동윤, 백경화 재미있는 친구 김연진 등. 나와 같은 날 태어났고 초중고 동기이기도 한 불알친구 정상호와 흥근, 동호, 순철 그리고 살면서 만났던 수많은 친구들.(뒤에 계속…)

Star

누구나 스타를
꿈꿀 수 있지만,

아무나 스타가

될 수는 없다

손성민 지음

이가서
Leegaseo publishing

추천의 글

뒷골목을 통해 배우가 되는 길은 없다. 혹여 있더라도 결국은 막힌 골목이다. 스타가 되는 것은 대통령에 당선되는 것과 비슷하다. 국민과 시청자, 관객이 만들어 준다. 감독이나 작가나 매니저가 만들어 주지는 못한다.
이 책은 대도무문大道無門 으로 당당하게 스타가 되려는 이들에게 좋은 지침서가 될 것이다. 어두운 뒷골목 '사바사바' 로 잠시 연예인이 되려는 젊은이들은 결코 읽을 필요가 없는 책이다.

— 이응진
〈첫사랑〉 연출 / 現 KBS 드라마 제작국장

이 한 권의 책으로 스타는 매니저의 땀과 눈물로 만들어 진다는 걸 여실히 보여주었다. 진정한 배우가 되기 위한 날카로운 지적과 따뜻한 충고들. 그 차가움과 따뜻함이 공존할 때의 시너지가 충만하다.

— 이준익
영화 〈왕의 남자〉 〈라디오 스타〉 〈님은 먼 곳에〉 감독 / (주)씨네월드 대표이사

배우와 매니저는 악어와 악어새의 관계이다. 업무상 공존, 상생뿐 아니라 연기 철학 및 작품에 대한 해석, 예술에 대한 가치관도 공유해야 한다. 그래야 진정한 시너지가 있다고 본다. 그런 의미에서 손성민은 분명 미리 언급한 가치에 근접한 매니저라고 자신 있게 말할 수 있다. 이 책을 읽는 독자들도 느낄 수 있을 것이다.

— 최민식
영화배우

누구나 배우가 될 수는 있다. 하지만 아무나 배우가 될 수는 없다.

이 말은 내가 배우로 살면서 스스로 체득한 경험과도 같은 말이다. 내가 배우로 살 수 있게 만든 수많은 인물들 중에 가장 감사하게 생각하는 사람이 있다면 바로 손성민이다. 제일 가까운 자리에서 교감하고 호흡하며 일적으로뿐만 아니라 인간적 유대를 가지고 의지하는 나의 지인이자 형이다. 그의 끓임없는 노력과 열정이 나를 북돋우고 포기하지 못하게 만든다. 앞으로도 많은 영광을 함께하길 바라며 이 책이 꿈을 시작하려는 수많은 젊은 예술인들에게 명확한 지침서가 될 것을 믿어 의심치 않는다.

— 공형진

영화배우

나는 영화, 뮤직 비디오와 광고를 넘나들며 작품 활동을 하고 있다. 이 과정에서 수많은 스타들을 만나게 되는데, 특히 신인들의 가능성을 발견하고 성장을 지켜보는 일은 감독으로서 무척 설레는 일이다. 이 책은 스타가 되고자 하는 사람들이 진정성을 확보하고 방법론적 해석을 하는 데 보석과도 같다. 소위 스타의 자본주의, 상징주의 시대가 매체의 발전과 함께 엄청난 시장을 확보하는 동안 그에 맞는 텍스트라 할 것이 없었던 게 사실이기 때문이다. 그런 차원에서 오히려 책의 출간이 다소 늦은 감이 없지 않다.

— 창

영화 〈고사〉 감독

보아 · SG 워너비 · 성시경 · GOD · 휘성 · 렉시 · 플라이투더 스카이
빅마마 · FT 아일랜드 · 클레지콰이 등 150여 편의 뮤직 비디오 연출

한국 대중문화는 한류를 만들어 내며 고속 성장 중에 있다. 그리고 성장 배경에는 연예매니지먼트 업계의 숨은 공로자들의 힘이 컸다고 믿는다. 저자는 오랜 경험과 능력으로 많은 스타들을 배출했다. 이번 책 발간을 통하여 미래의 스타와 연예 매니저들에게 실질적인 도움이 될 수 있기를 기대한다.

— 김길호
한국연예매니지협회 사무국장

누구나 한 번쯤은 스타가 되는 꿈을 가져 본 적이 있을 것이다. 그러나 대부분의 지망생들은 1년도 안 되어 좌절을 맛보게 된다. 어떻게 해야 할지, 어떤 길이 있는지 몰라 스스로 조급증과 매너리즘에 빠져 좌초하게 되는 것이다.
연예계의 현실을 수년간의 실전 경험으로 정리한 손성민 대표의 책은 신중하고도 구체적인 현장의 연예계 길라잡이가 될 것이다. 가짜들이 판치는 연예계에서 실무 경험이 풍부한 진짜 전문가의 조언은 자신을 실질적으로 관리하고 효율적 성과를 가져오게 할 것이다.

— 김재엽
스타게이트 아카데미 원장

반짝 스타를 꿈꾸지 마라! 일흔 살이 되어도 후회하지 않을 자신이 있다면 도전해 볼 만하다. 이런 말을 듣고도 자신감이 생긴다면, 당신에게 이 책은 더 없이 좋은 스타 지침서가 될 것이다.

— 서우식
영화 〈마더〉 프로듀서 / (주)바른손 영화사업부사장

이 책을 읽고 나니 언젠가 누군가에게 들은 이야기인 것 같다. 아니 내가 아는 이야기일 수도 있다. 다만 무심코 스쳐 갔을 뿐이다. 스타를 꿈꾼다면, 스쳐 간 이야기들을 자기 것으로 만들 수 있어야 한다.

— 이성훈
영화 〈태극기 휘날리며〉 〈식객〉 총괄 프로듀서

내가 아는 저자 손성민 대표는 곰 같이 우직하지만 사람을 다루는 섬세함을 동시에 소유한 사람이다. 한국 연예 엔터인먼트의 산증인이기도 한 그는 수많은 스타와 연예인을 기획, 발굴하고 연예 엔터테인먼트 산업의 시스템을 끊임없이 고민해 온 사람이기도 하다. 이번에 출간된 그의 저서는 저자의 사적인 경험에 머물지 않고 그의 경험이 현재 한국 연예 산업에 어떻게 적용할 수 있는지를 보여 주는 연예 산업의 입문서로 적절하다고 생각한다.

별은 태어날 때부터 반짝인다. 그러나 연예계의 스타는 혼자 반짝일 수 없다. 그림자처럼 스타를 위해 모든 것을 바치는 존재가 필요하다. 저자 손성민의 인생은 그런 것이 아니었을까?

— 임승용
現 (주)바른손 영화사업본부장 / (주)시오필름 대표이사
〈올드 보이〉 총괄 프로듀서, 영화 〈주먹이 운다〉 〈야수와 미녀〉 〈언니가 간다〉 〈쏜다〉 제작

우리가 익히 알고 있는 연기파 배우들의 경우, 감독의 의도에 따라 앵글과 컷을 나눠 촬영하기도 하고, 혹 실수가 있더라도 촬영 후 편집과 수정이 가능하다. 하지만 무대 연기에서는 동선·자세·시선·발성 등 배우의 모든 것이 실시간으로 온전히 관객 앞에 드러나게 된다. 모든 일이 그러하듯이 좋은 연기 역시 충실한 기본기에서 비롯된다. 뿌리가 튼튼할수록 더 멋지게 오래 가는 법이다. 평소 무대 공연에 많은 관심을 갖고 공연장을 자주 찾는 것도 좋은 방법이라고 생각한다.

— 김영욱
공연 제작 쇼노트 대표
뮤지컬 〈미녀는 괴로워〉 〈펌프보이즈〉 〈미녀와 야수〉 〈사랑은 비를 타고〉 등과
이은미·리알토·이현우·자우림·박정현·머라이언캐리 등 콘서트 제작

대한민국 연예계에서 20년 가까이 잔뼈가 굵은 주인공이 있었다. 술자리에서 잔이 두 순배만 돌아도 내 귀는 온통 그 사람의 살아온 이야기에 쏠리곤 했다. 글 쓰는 일을 업으로 하고 있는 자의 처지에서 참 탐나는 얘기들이었다. 언젠가 저 얘기들을 모아서 책을 내야겠구나……
아뿔싸! 학창 시절 운동회 때도 항상 그러하더니 나보다 발 빠른 사람이 있었나 보다. 젊은 시절 불같이 살기를 원하는 이들에게 더 없이 매력적인 분야, 연예인을 꿈꾸는 이들에게 참고서가, 매니지먼트를 꿈꾸는 이들에게는 길잡이가, 연예계를 궁금해하는 독자들에게는 훌륭한 뒷얘기 주머니가 될 것이라 믿는다.

— 강희수
OSEN 문화부장

꿈은 이루려고 있는 것이다. 믿어라! 나는 할 수 있다고 말이다.

— 정태익
SBS 라디오국 프로듀서

꿈을 꾸는 것은 행복한 것이지만 그것을 이루려는 것은 위대한 것이다. 그러나 막연히 꿈속을 헤매고 있다면 당장 책의 네비게이션을 켜라! 이 책이 꿈속의 당신을 현실로 안내할 것이다.

— 박제현
영화 〈내 남자의 로맨스〉 감독

매니지먼트는 사람 비즈니스이다. 손성민이 바로 그 증거이다.

— 김장욱
NEW 영화사업 본부장

1퍼센트 가능성이 보이는 것은 작은 것이 아니다. 꿈을 가졌다면 힘들다고, 안 될 것이라고, 높다고 생각하지 마라. 노력하면 가질 수 있다.

— 정성일
〈연애술사〉 프로듀서

스타는 만들어지는 것인가, 태어날 때부터 운명이 따로 있는 것인가에 대한 답은 손성민 대표를 통해 알 수 있다. 스타는 만들어지는 것이며 그것을 위한 필수 조건이 손성민 대표 같은 매니저이다.

— 유세윤
개그맨

연예인이 되고 싶은 이들에게 고한다. 당신이 소중하게 여기는 것들을 버려라! 버린 만큼 얻을 수 있을 것이다. 매니저로서 손성민은 불도저다. 자신의 믿음이 있으면 가리지 않고 밀어붙이는 불도저다.

— 장동민
개그맨

나무가 열매를 맺기 위해 꽃을 버리듯 모든 일에는 기회비용이 있다. 버릴 것은 버리고 오직 꿈을 향해 최선을 다했을 때 비로소 꿈을 이룰 수 있다.

— 유상무
개그맨

스타가 되고 싶으면 연락해!

— 한민관
개그맨

어쩌면 이 책은 쉬운 이야기인지 모른다. 아니, 내가 하고 있는 일인지도 모른다. 쉽다고 한 번 두 번 생각만 하지 말고 실천을 해라!

— 길영민
JK필름 영화사업부 총괄이사

찾아온 기회를 내 것으로 만드는 가장 확실한 방법! 오지 않는 기회까지 내 앞으로 끌고 오는 비법! 이 책에는 '기회'와 친해지는 모든 전략이 담겨 있다.

— 이동권
화이트리 필름 대표

프로는 아무나 되는 게 아니다. 어쩌다가 프로가 되고 스타가 되는 건 더더욱 아니다. 스타를 꿈꾼다면 자기가 가고자 하는 일이 외길이라 생각하고 끝없이 노력하라!

— 양준혁
삼성라이온즈 선수

타고난 자는 노력하는 자를 이기지 못하고 노력하는 자는 즐기는 자를 이기지 못한다. 즐긴다는 것은 자기 일에 미칠 준비가 되어 있다는 것이다. 열정과 노력, 근성만이 최고의 스타가 갖춰야 할 조건인 것이다. 타고난 것만 믿고 안일한 마음으로 임하면 반짝 스타가 될 수는 있으나 오래 누릴 수가 없다.

— 서용빈
LG트윈스 야구 지도자

프로 스포츠 선수와 연예인은 같다. 팬이 존재하지 않으면 안 된다. 그렇기 때문에 팬들을 즐겁게 해야 할 의무가 있다. 이를 위해 피나는 노력을 할 자세로 시작해야 한다.

— 조인성
LG트윈스 '앉아쏴'

스타를 꿈꾸는 당신과 함께하고 싶다

나는 18년차 매니저다. 이렇게 짧지 않은 세월 동안 연예계에 몸담고 있다 보니 고개만 돌리면 온통 스타를 꿈꾸는 사람들이 보인다. 요즘은 특히 더 그렇다. '연예인 지망생 공화국' 혹은 '스타 공화국'이란 말이 흔하게 느껴질 만큼 많은 사람들이 스타가 되고 싶어 한다.

현장에서 일하면서 연예인 지망생들의 성공과 실패를 수없이 보았다. 그리고 이들의 성공과 실패의 길목에서 언제나 함께 웃고 울었다. 그러다 보니 언제부터인가 하고 싶은 얘기가 마음속에 쌓이기 시작했다. 스타를 꿈꾸는 사람들을 보면, '이건 정말 아닌데.' 또는 '이 기회를 놓치다니……' 라는 말을 해주고 싶어 입이 근질근질하곤 했다.

물론 내 생각이 모두 정답이라는 것은 아니다. 사실 책을 쓰기로 결심하기까지 고민을 많이 한 이유도 여기에 있다. 주변에 매니지먼트의 경험이 풍부한 실력자들도 많은데 나서서 이러쿵저러쿵 말하는 것이 쑥스럽고 걱정스러웠다. 하지만 오랫동안 매니저를 하면서 경험한 것을 이야기하고 싶었다. 스타를 꿈꾸는 사람들을 보면서 들었던 걱정과 관심을 언제가 한 번은 시원하게 털어놓고 싶었다. 그래서 이 책을 쓰기로 결심했다. 조심스럽게나마 스타를 꿈꾸는 이들에게 친구이자 조언자가 되고 싶다는 생각에서 용기를 냈다.

이쯤에서 '이 매니저는 대체 어떤 사람인데' 하는 생각이 들지도 모르겠다. 생전 듣지도 보지도 못한 사람인데 친구가 되고 싶다고 하니 그럴만도 하다.

나는 초등학교 때까지만 해도 성격이 아주 내성적이었다. 여자아이들과 단 한 마디도 못할 만큼 수줍음이 많았다. 심지어 여자 짝꿍이 책상에 줄을 그어 놓고 넘어오지 말라고 하면, 어쩌다 필통이 금을 넘어갔어도 달라는 말도 하지 못하는 그런 아이였다.

이렇게 소심했던 나는 씨름을 하면서 성격이 많이 변했다. 워낙 씨름을 좋아하셨던 아버지의 권유로, 아니 더 정확히 표현하자면 그런 아버지가 무서워서 등 떠밀리 듯 고등학교의 씨름부에 들어갔다. 처음에는 무조건 시키는 대로 하고 아주 말을 잘 듣는 그런 선수였다. 그러다가 고 3이 될 무렵에는 전국 대회에서 3위에 입상할 만큼 실력이 꽤 늘었다. 결국 현재 용인대학교인 대한유도학교에 들어갔다.

어떤 종목을 막론하고 운동을 잘하려면 성격이 외향적이어야 한다. 매 순간 자신의 능력을 드러내야 하고, 주변 사람들과 운동 방법에 대해 끊임없이 소통해야 하기 때문이다. 이렇게 운동뿐 아니라 성격까지 단련하다 보니 성격이 점점 외향적으로 바뀌기 시작했다. 여학생에게 말도 못 걸던 내가 대학 시절에는 과대표를 하며 여자 후배며 선배들을 우르르 몰고 다닐 정도로 활발해졌다.

씨름을 하다가 연예계로 눈을 돌린 건 대학을 막 졸업할 무렵이었다. 가족 중에 잠시 연예계에 몸담았던 사람이 있어 아주 자연스럽게 인연이 닿았다. 운동만 했던 내가 매니저를 하게 될 줄은 상상도 못했다. 그렇게 매니저 일을 시작해서 지금까지 한눈 한 번 팔지 않고 이 길만 보고 달려왔다. 씨름을 하면서 얻은 외향적인 성격과 추진력 덕분에 힘든 매니저 일을 천직으로 여기며 살 수 있었던 것 같다.

내가 매니저 일을 시작했을 때는 막 1세대 매니저가 생겨날 무렵이어서 미래가 아주 불투명했다. 그런데도 씨름을 포기하고 이 일을 택한 이유는 딱 한 가지다. 무명의 지망생이 힘든 역경을 딛고 스타가 되는 드라마틱한 순간을 함께하면서 환희를 맛보았기 때문이다. 스타를 꿈꾸는 이라면 누구나 한 번쯤 무명에서 스타가 됐을 때의 기쁨을 상상해 봤을 것이다. 그런데 나는 이 일을 하면서 그런 아찔하리만큼 특별한 순간을 여러 번이나 경험했다.

그렇다고 늘 성공만 한 것은 아니다. 때로는 실패해서 눈물도 흘렸고, 그러다가 다시 도전해서 성공하기도 했다. 동고동락하던 연예인들이 스타로 성장하는 감격적인 순간을 함께할 수 있었고, 그것이 얼마나 값진 경험인지도 알 수 있었다.

모든 매니저들이 실패와 성공의 롤러코스터를 타볼 수 있는 것은 아니다. 어떻게 보면 이런 면에서 나는 행운아라고 할 수 있다. 이렇게 내 마음속에 오롯이 남아 있는 감격과 환희가 원동력이 되어 지난 세월을 매니저로서 후회 없이 살아왔다. 그리고 지금도 '사랑받는 스타들' 그리고 '무명의 신인들'과 함께 내일을 향해 열심히 뛰고 있다.

스타를 꿈꾸는 사람들이라면 꼭 알아야 할 것이 있다. 그것은 특별히 선택된 사람만 스타가 되는 것은 아니라는 사실이다. 누구라도 스타가 될 수 있다. 하지만 꼭 알아야 할 것은 스타는 누구라도 될 수 있지만, 아무나 될 수 없다는 것이다. 누구나 스타가 되기 위해 노력하고 도전할 수 있지만, 스타가 되기 위해서는 미리 알고 준비해야 할 것들이 너무도 많다.

스타를 꿈꾸는 연예인 지망생들에게 가까이에서 스타들을 지켜본 내 경험과 생각을 들려주고 싶다. 멋지고 화려한 스타들이 얼마나 치열하게 자신과의 싸움을 하는지 들려줄 작정이다. 그들이 스타가 된 과정을 보면서 어떤 준비를 해야 할지 알 수 있을 것이다. 또한 스타가 되기 위해 꼭 알아야 할 것들에 대한 당부도 잊지 않을 생각이다. 18년간 연예계를 겪은 덕에 내 눈에 조금 더 잘 보이는 것들을 함께 나누고 싶다.

스타는 가장 빛나는 존재인 동시에 누구보다 노력하는 존재다. 스타를 꿈꾸는 당신은 지금부터 '아무나'가 되지 않기 위해 더 노력해야 하지 않겠는가. 노력하는 당신의 첫걸음에 나도 함께하고 싶다.

차례 ★ CONTENTS

Star★

Part 1

누구나 스타를
꿈꿀 수 있다

당신은 왜
스타를
꿈꾸는가

스타, 스타, 스타!

사람은 누구나 태어나면서부터 관심과 사랑을 받고 싶어 한다. 아이는 엄마에게, 학생은 또래 집단에게, 남성은 여성에게(여성은 남성에게) 인간 관계를 유지해 나가면서 관심을 받기를 원한다. 그런데 스타는 이렇게 공간과 대상의 제약을 벗어나 많은 사람들의 시선과 동경을 받는 존재다. 연예인이 되어 스타가 되고 싶은 꿈은 이렇듯 자연스럽고도 당연한 이유에서 시작한다고 할 수 있다.

그런데 스타의 위상이 지금처럼 높아진 지는 얼마 되지 않았다. 연예인을 일컬어 '딴따라'나 '광대'라고 불렀던 게 불과 10여 년 전 이다. 그만큼 가수나 연기자는 사회적으로 인정받지 못하는 배고픈 직업으로 여겨졌다. 현실이 어쨌든 간에 연예계 종사자를 낮추어 보는 사회적인 시선도 있었음을 부인할 수는 없다.

세월이 흐른 지금, 상황은 완전히 달라졌다. 스타 한두 명을 영입한 것만으로도 주가가 춤을 추고, 드라마 1회당 스타의 출연료가 1억 원을 웃도는 시대가 되었다. 급변하는 스타의 위상을 실감할 수 있는 대목이다. 요즘처럼 연예계 스타들이 막강한 힘을 자랑하는 때가 또 있을까 싶을 정도다.

사정이 이렇다 보니 주변을 둘러보면 스타를 꿈꾸는 사람들이 넘쳐난다. 대학의 연극영화과, 신문방송학과, 음악 관련 학과에서 한 해에 무려 1만여 명의 졸업생을 배출하고 있다. 연기 학원이나 음악 학원은 내일의 '소녀시대'와 '빅뱅'을 꿈꾸는 아이들과 부모들로 북적인다. 연예인의 등용문 구실을 하는 기획사의 오디션 경쟁률이 1,000대 1을 가볍게 뛰어넘는 건 이미 흔한 일이 되어 버렸다. 한 인기 개그 프로그램의 "스타가 되고 싶으면 연락해~"라는 유행어가 피부에 와닿는 대목이다.

스타에 별 관심이 없는 사람이라도 그 영향력만큼은 피하기 힘든 현실이 되어 버렸다. 아침에 일어나서 텔레비전을 켜면 부드러운 커피로 하루를 시작하라는 영화배우의 감미로운 목소리가 들린다. 출근해서 웹서핑을 하다 보면 한 달만 노력하면 자신처럼 아름다운 몸매를 만들 수 있다는 탤런트의 다이어트 비디오 광고가 눈에 들어온다. 저녁이 되면 '마음껏 흔들라'는 섹시 여가수의 말대로 연신 소주병을 흔들어 대며 술자리의 분위기를 띄워 보기도 한다. PMP로 다운받은 드라마를 보며 집으로 가는 길에 내일은 꼭 드라마 속의 여배우처럼 물결 파마를 하겠다고 생각하며 하루를 마감한다. 이렇듯 알게 모르게 스타의 영향력은 우리의 삶 속에 깊숙이 파고들었다.

스타를 꿈꾸는 사람들

스타를 꿈꾸는 사람들의 경쟁은 더없이 치열하다. 그리고 점점 더 뜨거워지는 추세다. 스타가 되는 길이 힘든데도 이렇게 열기가 뜨거울 수밖에 없는 이유는 바로 스타만이 누리는 '선택받은 삶'에 도전하고 싶기 때문이 아닐까?

스타가 있는 곳이라면 어디든 화려한 스포트라이트가 비춘다. 그만큼 대중의 관심을 한 몸에 받으며 엄청난 부와 명예를 얻을 수 있다. 스타가 하는 말은 유행어가 되고, 스타가 입은 옷은 불티나게 팔리며, 스타의 사소한 동작 하나하나까지 관심의 대상이 된다. 대중에게 연일 가장 큰 화젯거리는 바로 스타들에 관한 소식들이다.

이렇게 스타는 자신의 재능으로 많은 사람들에게 감동과 기쁨을 주고, 대중은 그런 스타에게 아낌없는 사랑을 보낸다. 스타는 평범한 사람은 경험해 보지 못하는 특별한 삶을 살아간다. 많은 사람들로부터 무한에 가까운 사랑을 받는 선택받은 삶을 경험하는 게 스타의 삶이다. 그 특별한 힘을 알기에 사람들은 스타를 꿈꾼다. 그리고 오늘도 보이지 않는 곳에서 스타가 되기 위한 날갯짓을 힘차게 하고 있다.

스타가 되는 길

대부분의 연예인 지망생들은 매니지먼트 회사만 잘 만나면 스타가 될 수 있다는 생각을 가지고 있다. 유명한 대형 기획사에서 곧잘 스타가 탄생하는 것도 사실이지만, 분명히 말하건대 오로지 매니지먼트 회사만 믿는 것은 '절대 금물'이다. 현재 활동하고 있는 수만명의 연예인들 중에서도 이른바 '스타'라고 불리는 연예인은 상위 1퍼센트 정도에 불과하다. 나머지 99퍼센트 이상의 연예인들이 여전히 스타가 되기 위해 실력을 갈고 닦으며 기회를 노리고 있다.

그렇다면 스타가 되기 위한 가장 중요한 요소는 무엇일까? 재능이나 운 그리고 배경도 꼭 필요하다. 하지만 이 중 가장 중요한 요소는 바로 '노력'이다. 스타가 되기 위해서 그리고 스타가 된 이후에도 그 자리를 지키기 위해서는 끊임없이 자기 계발에 시간과 노력을 투자해야 하기 때문이다. 이렇게 '노력'이라는 바탕에 '재능'과 '운'이 더해졌을 때 누구나 인정하는 최고가 될 수 있다.

어떤 사람들에게는 노력라는 말이 조금 진부하게 들릴 수도 있을 것이다. 무엇을 하든 노력이 중요하지 않은 분야가 어디 있겠냐고 반문할 수도 있을 것이다. 하지만 스타, 그것도 톱스타가 되기 위해 노력이 중요할 수밖에 없는 특별한 이유가 있다. 스타를 꿈꾸는 사람들은 많지만 스타가 되기 쉽지 않은 현실에서 노력은 한줄기 빛과도 같은 성공의 요소이기 때문이다. 스타가 되기 위해 꼭 필요한 재능이나 운은 타고 나야 하지만, 노력은 누구나 할 수 있기 때문에 꼭 갖춰야 할 태도라고 할 수 있다. 누구나 마음먹으면 할 수 있는 게 노력이기 때문에 재능이나 운이 좀 부족하더라도 노력으로 채울 수 있는 여지가 있는 것이다.

이 책을 읽다 보면 현재 우리나라에서 내로라하는 스타들의 이야기를 접할 수 있다. 그리고 이들의 사연을 통해 스타들이 가진 공통점을 알게 될 것이다. 단지 힘 있는 회사의 도움을 받거나 운이 좋아서가 아니라, 끈질긴 노력으로 얻은 기회를 통해 정상에 서게 되었다는 것을 알 수 있다. 스타가 되기 위해 어떤 노력을 했고, 어떤 방법을 선택했는지 미처 몰랐던 얘기들이 당신을 기다리고 있다. 스타가 되기 위해 어떻게 해야 할지 모르겠다면 지금부터 함께 차근차근 풀어 나가면 된다. 그것이 바로 스타가 되기 위한 첫 단추를 바르게 꿰는 일이다.

두려워 마라. 도전할 만한 가치가 있다고 믿어라.
믿음은 믿는 자에게 실현된다.
- 윌리엄 레임스

지금 이 순간이 기회다

우리가 방송이나 영화를 통해 얼굴을 볼 수 있는 연예인은 수도 없이 많다. 그런데 이 중 대중이 쉽게 얼굴과 이름을 떠올릴 수 있는 스타는 고작해야 1백 여 명 안팎이다. 말 그대로 스타가 되기란 하늘의 별 따기나 다름없다. 외모가 빼어나고 끼가 있어 연예인이 되었어도 스타가 되는 행운은 아무에게나 찾아오지 않는다. 그렇다고 너무 실망할 필요는 없다. 스타가 되는 길은 누구에게나 열려 있다.

스타들은 기어코 하늘의 별을 따고야 만 사람들이다. 하지만 이런 대단한 스타라고 해서 모두 출중한 외모를 지닌 것은 아니다. 물론 장동건이나 송승헌 같은 조각 미남도 있지만, 넉넉한 덩치에 구수한 사투리를 쓰는 강호동이나 평범한 이웃집 아저씨 같은 송강호도 사랑받는 스타다.

보통 60킬로그램이 넘는 성인이라면 홈런을 칠 수 있다고 한다. 하지만 185센티미터에 90킬로그램의 건장한 체격을 가진 남자라고 해서 모두 홈런을 칠 수 있는 것은 아니다. 반대로 160센티미터에 60킬로그램인 사람이 스윙하는 법만 잘 훈련하면 홈런을 칠 수도 있다. 홈런을 치기 위해 방망이를 휘두르는 법부터 익혀야 하듯, 자신의 강점을 극대화할 수 있는 방법을 찾아야 한다. 그렇게 하면 눈에 확 띄는 외모가 아니더라도 충분히 주목받을 수 있다.

자, 스타라는 홈런을 치기 위한 마음의 준비가 되었는가? 지금 이 순간 가슴속 깊은 곳에서부터 무언가 꿈틀댄다면 이 순간이야말로 바로 '기회' 다. '쇠뿔도 단김에 빼라' 는 말이 있다. 스타가 되고 싶은 강한 의욕이 생겼다면 당장 실천을 해야 한다. 스타에 도전하는 데 '적당한 기준' 이 정해져 있는 것은 아니다. 꼭 나이가 어릴 때 시작해야 스타가 되는 것도 아니고, 번듯한 외모를 갖추거나 대형 기획사에 소속되어야만 하는 것도 아니다. 스타가 되기 위해 과감히 도전을 한 시점이야말로 스타가 될 수 있는 가장 '적당한' 때이다.

스타들은 한순간에 반짝 나타나지 않는다. 쉽게 정상에 오른 듯 보이지만 남모르게 험난한 고비를 몇 번이고 넘긴 사람들이 대부분이다. 하지만 이들에게는 공통점이 있다. 바로 스타가 되고 싶다는 생각이 들었을 때 과감히 도전장을 던졌다는 것이다.

나는 천천히 가는 사람입니다. 그러나 뒤로는 가지 않습니다.
— 링컨

★ *All about Star*

자, 스타라는 홈런을 치기 위한 마음의 준비가 되었는가? 지금 이 순간 가슴속 깊은 곳에서부터 무언가 꿈틀댄다면 이 순간이야말로 바로 '기회' 다.
'쇠뿔도 단김에 빼라' 는 말이 있다. 스타가 되고 싶은 강한 의욕이 생겼다면 당장 실천을 해야 한다.

스타 그리고 추억
〈심은하〉

○ 나의 매니저 입문기

심은하는 1993년 MBC 22기 공채 탤런트로 연기 생활을 시작했다. 데뷔 첫해에 드라마 〈한 지붕 세 가족〉에 출연했을 당시, 연출자였던 김남원 감독은 그녀를 이렇게 평가했다. "아주 독특한 동양 미인형이라 대성할 가능성이 있다." 그리고 김 감독의 예상은 적중했다. 운이 좋았는지 나는 심은하의 성공 예감이 현실이 되던 빛나는 순간에 그녀와 함께 기쁨을 나눈 행운아였다.

내가 김민종과 김보성의 로드매니저를 하면서 매니저의 길로 들어섰을 무렵이다. 우연한 기회에 MBC 22기 공채 탤런트 모임에 참석했는데, 이 자리에서 심은하를 처음 만났다. 당시 심은하와 같은 기수의 유망주로는 양정아와 황인정이 있었다. 공채 탤런트가 되자마자 양정아는 드라마 〈우리들의 천국〉, 황인정은 〈김씨네〉라는 시트콤에 전격 캐스팅되었고, 심은하는 〈한 지붕 세 가족〉에 출연을 앞둔 상황이었다.

이때만 해도 '연기자의 매니저'가 그리 많지 않은 시절이었다. 하지만 유망주 세 사람과 가까워지면서 이들 중 누군가와는 꼭 함께 일해 보고 싶다는 생각이 들었다. 그래서 나는 가장 마음이 잘 맞는 편이었 던 심은하에게 그런 뜻을 비쳤다. 이렇게 해서 심은하와 나의 동행이 시작되었다. 수중에 가진 돈이 없었기 때문에 로드 매니저로 일하던 김 민종의 소속사에 함께 들어가기로 했다.

심은하가 출연하기로 한 〈한 지붕 세 가족〉은 당시 일요일 오전에 방 송되었던 인기 드라마였다. 신인인 심은하의 입장에서는 꽤 순조로운 출발을 한 셈이었다. 하지만 기쁨도 잠시, 심은하는 출연한 지 얼마 되 지 않아 중도 하차하는 아픔을 겪어야 했다. 이유는 간단했다. 드라마 에서 언니로 나오던 양미경이 빠지면서 자연히 동생 역을 맡았던 심은 하도 함께 하차하게 된 것이다.

너무 갑작스럽게 출연을 못하게 되자 심은하와 나는 크게 낙담했다. 그런데 이때 마침 〈무동이네 집〉으로 스타 피디 가 된 장두익 감독이 우리를 불렀다. 그는 다음 작품으로 〈마지막 승부〉라는 드라마를 준비 중이었다. 남자 주인 공들의 화려한 캐스팅으로 방송 전부터 화제가 되었던 작품이다. 장 감독은 〈우리들의 천국〉에서 인기를 끈 장동건, 〈무동이네 집〉으로 스타가 된 손지창, 하이 틴 스타였던 박형준 이렇게 세 명을 남자 주인공으로 선택한 상태였다. 그리고 상대 여배우로 미주 역에는 황인정, 다슬이 역에는 이상아가 유력했다.

그런데 감독의 생각이 바뀌었다. 장동건의 상대역인 다슬이 역에 인기 여배우보다 신인이 더 어울리겠다는 판단을 한 것이다. 이렇게 해서 결국 다슬이 역은 심은하, 미주 역은 이상아가 각각 맡게 되었다. 미니시리즈인 데다가 스포츠 드라마였기 때문에 촬영은 무척 고되게 진행되었다. 한번은 이런 일도 있었다. 남자 주인공들이 각각 다른 대학에서 농구하는 장면을 찍는 날이었다. 그런데 바쁜 일정에 쫓기다 보니, 한 학교에서 장소를 두 군데 만들어 놓고 동시에 촬영을 해야 했다. 장동건과 손지창은 각각 다른 장소에 있으면서 심은하만 양쪽을 왔다 갔다 하며 촬영했다.

이날 감독은 하루 종일 캠퍼스 한복판에서 무전기로 심은하를 불러댔다. 감독이 이쪽에서 "다슬이 나와라, 오버!"라고 하면 심은하는 이쪽으로 갔고, 또 반대쪽에서 "다슬이 나와라, 오버!"라고 하면 반대쪽으로 가야 했다. 그렇게 이쪽 저쪽 장소를 옮길 때마다 화장실에 갈 시간조차 없어 차 안에서 대충 옷을 갈아입어야 했다. 그렇게 수십 번을 왔다 갔다 했다. 이날 우리는 흥미롭게 바라보는 주변의 시선에도 아랑곳하지 않은 채 감독의 호출에 맞춰 캠퍼스를 종횡무진 누볐다. 이렇게 해서 〈마지막 승부〉가 전파를 타기 시작했다. 드라마는 방영되자마자 이른바 대박이 났다. 사람들 사이에서는 농구 붐이 일기도 했다. 최근에 끝난 드라마 〈꽃보다 남자〉의 인기를 능가할 정도였다.

그런데 안타깝게도 드라마는 큰 인기를 얻고 있는데 여주인공인 심은하에 대해서는 별 다른 반응이 없었다. 그럴수록 매니저인 나는 가슴을 졸이며 하루하루를 보냈다. 11부가 방영될 때까지도 마음고생을 하고 있었다. 그런데 12부가 방영되자 놀라운 일이 일어났다. 12부에는 가출한 장동건(윤철준 역)이 보고 싶어 심은하(다슬이 역)가 애절하게 우는 인상적인 장면이 있었다. 방송이 나간 다음 날, 아침에 눈을 떠보니 세상이 바뀌어 있었다. 아침부터 호출기가 정신없이 울렸다. 인터뷰, 광고 등 수많은 방송 요청 건으로 하루에도 80회 이상 호출이 왔다. 그리고 단 며칠 만에 수천 통의 팬레터가 심은하 앞으로 배달되었다.(당시는 A급 스타들이 하루에 1백 통 정도의 팬레터를 받았다.)

얼마 전까지만 해도 단신 기사에서나 볼 수 있었던 심은하의 이름이 이제 모든 신문 잡지의 1면을 장식했다. '다슬이 억대 모델 되다', '다슬이 신드롬', '이 시대 최고 청순미, 심은하' 이렇게 온통 심은하에 대한 얘기뿐이라고 해도 과언이 아니었다. 하루하루 꿈속을 걷는 것 같았다. 그렇게 심은하와 1년 남짓한 시간을 매니저와 배우로 함께했다. 이후 우리는 견해 차이로 각자 다른 길을 갔다. 하지만 지금까지도 그녀와 함께 보낸 1년을 평생 잊지 못할 것 같다. 아직도 오랫동안 함께 일한 것 같은 기분이 든다.

2000년에 개봉한 영화 〈인터뷰〉를 마지막으로 은퇴할 때까지 심은하는 총 19편의 드라마와 영화에 출연하며 대한민국 최고 인기 여배우의 자리를 지켰다. 그리고 은퇴한 지 10년이 다 되어 가는 지금까지도 여전히 대한민국을 대표하는 청순 미인이자 대중이 가장 다시 보고 싶어 하는 배우로 손꼽히고 있다.

심은하라는 배우와 함께 매니저 생활의 첫 단추를 끼울 수 있었던 것은 내게 큰 행운이었다. 수많은 매니저들이 연예계에서 활동하지만, 이런 경험을 할 수 있는 사람은 그리 흔하지 않기 때문이다. 이렇게 특별한 심은하와의 인연을 늘 고맙게 생각한다.

★ All about Star

2000년에 개봉한 영화 〈인터뷰〉를 마지막으로 은퇴할 때까지 심은하는 총 19편의 드라마와 영화에 출연하며 대한민국 최고 인기 여배우의 자리를 지켰다. 그리고 은퇴한 지 10년이 다 되어 가는 지금까지도 여전히 대한민국을 대표하는 청순 미인이자 대중이 가장 다시 보고 싶어 하는 배우로 손꼽히고 있다.

스타와
매니저의
함수 관계

매니저가 하는 일

연예인의 영향력은 날로 커지고 있다. 이와 함께 매니저 역시 엔터테인 먼트 산업의 핵심 파워로 떠올랐다. 하지만 내가 처음 매니저 일을 시작한 1990년대 초는 매니저라는 직업군이 처음 등장한 태동기였다. 그래서 매니저의 개념조차 모호했던 게 사실이다. 연기자들의 경우, 매니저 없이 활동하는 사람이 더 많았고, 가수들의 매니저가 조금씩 두각을 나타내며 활동하고 있었다.

이때까지만 해도 매니저는 '연예인 대신 운전해 주고 가방 들어 주는 사람' 정도로 인식되었다. 또 각종 계약 건에 관여할 만큼 힘이 있는 매니저는 계약에 간섭해서 이윤을 챙기는 '흥정인' 정도로 취급했던 게 사실이다. 한 마디로 고생은 고생대로 하는데 그만큼 인정은 못 받는 직업이 매니저였다.

사실 일부 매니저들 중에는 아무 고민도 없이 업계에 뛰어든 사람들도 있었다. 이 직업을 복권에 당첨되듯 한 방에 대박을 거머쥘 수 있는 일로 여긴 것이다. 이런 사람들 때문에 매니저가 주먹구구식으로 일하고 돈만 밝히는 사람으로 비춰지기도 했다. 이렇게 1980년대 후반에서 1990년대 초반에 1세대 매니저가 탄생했다. 최진실의 매니저로 이름을 떨쳤던 故 배병수가 대표적이다. 당시 연예계는 다양한 부류의 매니저들이 탄생하던 혼돈의 시기였다.

매니저들은 선배들이 없었기 때문에 아기가 걸음마를 배우듯, 모든 일을 스스로 개척해 나가야 했다. 내가 김민종과 심은하의 매니저를 할 때만 해도 날마다 무에서 유를 창조하는 기분으로 살았던 기억이 아직도 생생하다. 연예인의 프로필 사진 몇 장을 들고 의류 회사를 찾아가 맞는 의상을 구해야만 했다. 안 되면 근처 재래시장에서 급히 옷을 사서 입히는 일이 부지기수였다. 24시간 연예인의 스케줄에 따라 이동을 해야 했고, 노트 하나 들고 스케줄을 관리하느라 머리를 싸매야 했다. 1년 중 쉬는 날이 하루도 없었다. 아파도 쉴 수가 없었다. 연예인이 스케줄이 없는 날에도 쉬지 못하고 신문사와 방송사를 돌며 홍보를 해야 했다.

내가 매니저 일을 시작할 때와 지금은 상황이 완전히 달라졌다. 이제 한 명의 톱스타가 웬만한 기업만큼이나 큰 이윤을 창출하는 시대가 된 것이다. '걸어 다니는 1인 기업'이라는 최초의 별명을 얻은 보아의 경우를 보자. 2003년 당시 보아는 상반기에만 450억 원이 넘는 매출을 올렸고, 일본에 진출한 2001년부터 2003년까지 벌어들인 수익은 1천억 원을 넘었다. 또 지난해 초 한 케이블 채널의 집계에 따르면, 욘사마 배용준이 2007년 벌어들인 수입은 총 432억 원에 이른다고 한다.

이처럼 '스타 1인 기업' 시대가 되면서 자연히 매니저의 역할도 점점 더 중요해질 수밖에 없다. 미디어와의 원만한 관계를 유지하는 것은 기본이고, 핵심 참모들이 '스타 사업'을 번창시키기 위한 전략가의 역할을 해야 하는 시대다. 요즘은 매니저도 캐스팅 매니저, 로드 매니저, 스케줄 매니저, 장기간 프로젝트를 세우는 PR 매니저, 메이크업 아티스트, 헤어디자이너, 스타일리스트 등 역할이 명확히 분리되어 있다. 그만큼 매니저의 역할이 세분화되었고, 이는 곧 매니저의 위상이 예전보다 높아졌음을 말해 준다. 단순히 말하자면, 그만큼 필요하니까 역할이 늘어나고 세분화되는 것이다.

그런데 20여 년 전에 비해 매니저의 위상이 현격히 격상된 요즘, 가끔씩 매니지먼트 회사와 연예인 사이의 갈등이 언론에 소개되기도 한다. 대부분 '노예 계약 강요' 내지는 '재계약 협박' 등 불미스러운 소식이 들린다. 그래서 연예계에 몸담아 온 사람이자 매니저로서 허심탄회하게 이 부분을 한 번 짚고 넘어가고자 한다.

매니지먼트 회사의 횡포와 부당한 계약은 안타깝지만 충분히 있을 수 있는 일이다. 물론 우후죽순으로 매니지먼트 회사가 생겨나던 과거의 분위기와는 비교할 수 없을 만큼 좋아졌지만 말이다. 그 이유는 간단하다. 스타를 열망하는 수많은 지망생들이 있고, 이 중 상당수가 물불을 가리지 않고 연예계에 뛰어들 각오가 되어 있는 게 현실이다. 이렇게 '공급'이 넘치다 보니 대중이 '수요'하기까지 그 중간 단계의 연결 고리 역할을 하는 매니지먼트 회사의 힘이 클 수밖에 없다. 이런 현실에서 개개인의 사업 철학이나 상황에 따라, 일부이긴 하지만 잘못된 방향을 선택하는 업체도 더러 나타나는 것이다.

하지만 유감스럽게도 매니지먼트 사업뿐 아니라 어떤 업종과 분야를 막론하고 이런 부도덕한 사람들은 있다고 생각한다. 그나마 다행스러운 것은 전체 2천여 개 이상의 매니지먼트 업체 가운데 이런 경우는 극히 소수라는 점이다. 연예인 지망생들이 기획사의 문을 두드릴 때, 먼저 어떤 회사인지 꼼꼼하게 따져 봐야 한다. 아무리 유리한 조건으로 유혹을 해도 충분히 알아보는 것이 무엇보다 중요하다. 이 부분에 대해서는 뒤에서 좀 더 자세히 언급하도록 하겠다.

어쨌든 매니지먼트 업계에도 일부 비양심적인 회사가 존재하지만, 이는 '미꾸라지 한 마리가 물 흐리는 격'이라고 할 수 있다. 인터넷을 통해 정보 교류가 가능한 시대이기 때문에 악질적인 매니지먼트 회사의 횡포는 금방 밝혀질 수밖에 없다. 반면에 매니저의 입장에서 보면, 신인이 스타가 된 뒤 함께 고생한 매니지먼트 회사를 배신하는 경우도 의외로 많다. 그때마다 매니저들의 고통은 이루 말할 수 없이 크다. 늘 강자처럼 보이는 매니저들에게도 이런 말 못 할 고충이 있다는 점을 알아 줬으면 하는 바람이다.

최근 매니지먼트 업계에서는 체계적인 시스템을 구축하는 데 주력하고 있다. 앞서 언급한 혹시라도 있을지 모르는 불미스런 일을 예방하고 엔터테인먼트의 건강한 산업화를 꾀하기 위해서다. 현재 엔터테인먼트의 매니저 협회는 두 협회로 구성되어 있다. 가수 음반 제작자로 구성되어 있는 '한국연예제작자협회'와 연기자 위주로 구성된 '한국연예매니지먼트협회'다. 한국연예제작자협회의 경우, 3백여 개 회원사로 구성되어 있다. 대부분이 음반 제작자들인 만큼 다른 분야의 제작자들보다 먼저 연예계에서 활동을 시작했고, 협회 설립도 1992년에 먼저 해서 왕성한 활동을 하고 있다.

그 이후 설립된 한국연예매니지먼트협회는 80여 개 회원사와 2백여 명의 정회원과 준회원으로 구성되어 있다. 최근 협회가 중점적으로 다루고 있는 사안은 다음과 같다. 한국연예매니지먼트협회는 문화관광부 산하 한국방송영상진흥원에서 공인을 받고 '매니저 자격증' 시스템을 도입했다. 이사회에서 5년 이상의 경력을 인정받으면 준회원 자격이 주어지며, 10년 이상이 되면 정회원으로 활동할 수 있다. 또한 각종 불공정 계약을 사전에 방지하기 위해 공정거래위원회의 심의를 통과한 '표준 계약서'를 만들었다. 이렇듯 매니저의 본분에 충실하고 체계적인 시스템을 정리함으로써 업계의 모범이 되고자 노력하고 있다. 나 역시 한국연예매니지먼트 협회의 홍보이사를 역임하고 있는 터라, 이러한 업계의 노력을 피부로 실감하고 있다.

오늘도 많은 매니저들이 신인들의 프로필 사진과 명함을 든 채 인생 역전 드라마를 꿈꾸며 방송가 주변을 기웃거리고 있다. 이런 협회들의 노력에는 매니저들의 진심이 담겨 있음을 알아 주었으면 한다.

연예인과 매니저는 언제나 함께 간다

아무리 매니저의 위상이 예전보다 높아졌다 하더라도 변하지 않은 것이 하나 있다. 바로 연예인과 매니저는 늘 함께한다는 점이다. 가족이나 친구보다도 긴 시간을 함께 보낸다. 매니저는 연예인의 술버릇이나 몸무게의 미세한 변화도 알아야 하고, 여배우일 경우 생리 주기까지 알고 있어야 한다. 이렇게 늘 붙어 다니다 보면 서로 부모 자식처럼 의지하는 관계가 되기도 하고, 그러다 뜻이 안 맞으면 원수 같이 싸우는 사이가 될 수도 있다. 어쨌든 떼려야 뗄 수 없는 끈끈한 관계가 바로 연예인과 매니저의 관계다.

목숨 걸고 사랑하던 연인들도 사랑이 식으면 헤어지기 마련이다. 그토록 사이가 좋았던 매니저와 연예인도 서로 뜻이 안 맞으면 문제가 생길 수 있다. 특히 '돈'이 움직이는 만큼 어찌 보면 갈등은 늘 내재되어 있다고 볼 수 있다.

여기서 우리가 알아야 할 것은 바로 매니저와 연예인은 '공생 관계'라는 점이다. 요즘처럼 엔터테인먼트 산업의 덩치가 커진 상황에서는 더욱 그러하다. 스타 없는 매니저가 있을 수 없듯, 매니저 없는 스타 역시 상상하기 힘든 게 현실이다. 그렇기 때문에 서로 신뢰를 쌓고 미래를 위한 비전을 공유할 수 있도록 노력하는 태도가 필요하다.

이쯤에서 공형진에 대한 추억을 얘기해 볼까 한다. 공형진이 나와 함께 일한 지 벌써 8년이 넘었다. 보통 신인은 소속사와 5년 정도 계약을 맺고, 스타의 경우 3년 계약을 맺는 데 비하면 무척 긴 시간이다. 돌이켜 보면 서로 좋을 때도 많았지만 분명 서운할 때도 있었을 텐데 늘 나를 믿고 따라 주어서 고맙게 생각한다.

도전이 아름다운 배우 – 공형진

공형진은 하이틴 영화배우 출신이다. 대학 2학년 때인 1990년에 〈그래 가끔 하늘을 보자〉를 시작으로 내리 세 편의 하이틴 영화에 출연했다. 이듬해에는 SBS 공채 탤런트에 합격했고, 이후에는 조연으로 배우 생활을 했다. 그는 꾸준히 일을 했기 때문에 텔레비전 출연작은 많은 편이었지만, 늘 비슷한 배역을 맡아서 크게 주목받지는 못했다. 그렇게 10년 가까운 세월이 흘러갔다.

그러던 어느 날, 공형진은 과감히 가던 길을 꺾어 버렸다.

"이렇게 있다가는 죽도 밥도 안 되겠다 싶었어요. 그래서 방송을 접고 극단 유에 4기로 들어갔죠. 그래도 생각했어요. '나는 바닥에서부터 다시 시작하지만 내 몫을 하는 배우' 라고요."

이후 최민식의 추천으로 영화 〈파이란〉의 오디션을 보았는데, 오디션 내용이 마음에 들지 않아 다시 한 번 감독을 찾아가기도 했다. 영화 〈파이란〉은 사회와 가족으로부터 느끼는 남자들의 소외감을 다룬 영화다. 촬영 기간에도 공형진은 시나리오에 만족하지 않고 스스로 연구한 애드립을 펼쳐 인정받았다고 한다. 영화 속 공형진의 대사 반 이상이 애드립이라는 말이 있을 정도였다. 또한 최민식의 혹독한 트레이닝 덕에 사실적인 연기를 펼쳐 좋은 평가를 받았다. 촬영이 끝날 무렵 최민식은 이런 말로 칭찬을 대신했다고 한다. "이제부터 영화를 찍으면 참 좋은 영화가 나오겠다."

데뷔 초, 공형진이 영화 〈쉬리〉의 배역을 따기 위해 1백 번 이상 다른 의상을 갈아입고 강제규 감독 작업실로 찾아갔던 얘기는 이미 잘 알려져 있다. 그런데 지금까지도 그에게서는 신인 때와 변함 없는 열의와 성의가 느껴진다. 배우 공형진은 극 중 비중이나 출연료를 따지지 않는다. 좋은 작품에 출연할 수만 있다면 그것만으로도 감사할 줄 아는 배우다. 〈박하사탕〉, 〈단적비연수〉, 〈선물〉, 〈태극기 휘날리며〉, 〈가문의 위기〉의 공형진은 이렇게 탄생했다.

현재 그는 감칠맛 나는 양념 같은 배우로 대중에게 친숙해졌다. 하지만 내게 공형진을 한 마디로 표현하라고 한다면 '노력을 많이 하는 배우'라 말하고 싶다. 그의 행적을 지켜보면 누구나 내 말에 고개를 끄덕일 것이다.

요즘 공형진과 나는 새로운 도전을 준비하고 있다. 지금 대중들에게 그는 '인기 배우'다. 하지만 언젠가 그가 지긋한 나이가 됐을 때, 깊이 있는 연기로 감동을 줄 수 있는 배우가 되기 위해 준비하고 있다. 이런

★ *All about Star*

요즘 공형진과 나는 새로운 도전을 준비하고 있다. 지금 대중들에게 그는
'인기 배우' 다. 하지만 언젠가 그가 지긋한 나이가 됐을 때, 깊이 있는 연기
로 감동을 줄 수 있는 배우가 되기 위해 준비하고 있다.

마음으로 최근에 그는 뮤지컬 〈클레오파트라〉에 출연했다. 연기의 영역을 좀 더 넓혀 보겠다는 뜻에서다. 처음 그가 뮤지컬에 도전한다고 했을 때, 주변에서 하나같이 말리는 분위기였다. 공형진의 친한 후배이자 뮤지컬 선배인 오만석은 손사래를 치며 말렸다고 한다.

　그 이유는 공형진의 경력을 살펴보면 쉽게 알 수 있다. 연극과 텔레비전, 그리고 영화에는 많이 출연했지만, 뮤지컬은 학생 때 아마추어로 무대에 한 번 오른 것이 전부다. 노래도 해야 하고 춤도 춰야 하는데 뮤지컬을 해본 적이 없으니 당연히 걱정이 앞섰다. 또 한 가지 이유는 역할에 대한 부담감이 컸기 때문이다. 공형진이 맡은 역은 '시저'다. 평소의 쾌활하고 친숙한 그의 이미지와는 달리, 무거운 로마 시대의 왕 역할이 과연 어울릴지 의문이었다. 솔직히 말해서 이제껏 '공형진'이라는 배우가 쌓은 좋은 이미지도 있는데, 굳이 결과를 예상할 수 없는 분야에서 무리수를 둘 필요가 있느냐는 반응이 많았다. 하지만 나와 공형진은 오랜 시간 상의한 끝에 뮤지컬 〈클레오파트라〉의 시저 역을 맡기로 결정했다. 미래의 목표를 위해 새로운 도전을 해보기로 한 것이다.

　뮤지컬 첫 연습을 하러 간 날, 신인 배우와 신인의 매니저처럼 잔뜩 긴장한 우리는 가자마자 대본부터 찾았다. 그런데 악보가 바로 대본이라는 말이 되돌아왔다. 뮤지컬의 기본조차 모르고 있었다는 생각에 우리는 크게 당황했다. 하지만 그것도 잠시, 공형진은 "어려우면 얼마나 어렵겠어"라며 걱정을 툴툴 털고 연습실로 향했다. 연습 도중 자신의 기량이 부족하다고 느껴질 때면, 까마득히 나이가 어린 뮤지컬 배우들에도 한 수 가르쳐 달라며 도움을 청했다. 부족함을 채우기 위해서라면 그에게 자존심 같은 건 전혀 문제될 게 없었다. 그렇게 그는 뮤지컬에 대한 마음의 부담을 묵묵히 트레이닝을 하며 채워 갔다.

드디어 공연 첫날이 되었다. 관객뿐 아니라 많은 동료 연예인과 배우들이 공형진을 응원하기 위해 공연장을 찾아왔다. 영화의 시사회와 달리, 공형진은 무척 긴장해 있었다. 주변의 반응이 어떨지 몰라 나 역시 떨리긴 마찬가지였다. 잠시 후 공연이 시작되었다. 다행히도 공형진에 대한 관객과 동료 배우들의 평가가 좋았다. 엄지손가락을 치켜올려 주는 관객들 덕분에 그간의 걱정이 한꺼번에 씻겨 나가는 것 같았다.

최근 공형진은 라디오 DJ에도 도전했다. 라디오 DJ는 누구나 한 번쯤 해보고 싶어 하는 분야다. 음악과 팬을 자신의 공간에 초대해 함께 어울리는 공간으로 때로는 우아하게, 때로는 편안하게 즐기면서 일할 수 있기 때문에 매력이 있다. 하지만 공형진의 진짜 관심은 다른 곳에 있다. 다양한 청취자들과 호흡하며 그들의 생각과 삶을 접해 보고 싶다는 것이다. 바쁘게 배우로 생활하다 보니, 어느 순간부터 평범함과 점점 거리가 생기는 자신을 발견했다고 한다. 이 때문에 배우로서 위기감이 들었다며 엄살 아닌 엄살을 부렸다. 깊이 있는 연기로 인정받는 배우가 되려면, 늘 대중과 함께 호흡해야 한다는 게 그의 생각이다.

그와 함께 같은 곳을 바라보다 — 공형진

공형진과 내가 함께한 건 영화 〈파이란〉이 개봉할 무렵부터다. 탤런트로 오래 활동해 왔던 공형진은 그 이전에도 많은 곳에서 매니지먼트 제의를 받았다. 하지만 그는 나와 처음으로 인연을 맺은 뒤 지금까지도 변함없이 동고동락하고 있다.

평소에 공형진은 입버릇처럼 "형, 내 자식하고 손자까지 다 매니저 해야 해"라고 말하곤 했다. 평소 그가 얼마나 나를 믿고 있는지 잘 느낄 수 있는 말이다. 2006년에 공형진이 SBS 연기대상에서 드라마 〈연애 시대〉로 미니시리즈 조연상을 받았을 때는 이런 수상 소감을 했다. "늘 동고동락하는 매니저가 있습니다. 그는 열심히 잘하는 매니저입니다. 앞으로도 늘 그의 옆에 있을 것이라고 말하고 싶습니다. 기쁨을 그와 함께 나누고 싶습니다." 그의 수상 소감을 들으며 나는 눈시울을 붉히고 말았다.

공형진은 다섯 번이나 청룡영화제 남우조연상 후보에 이름을 올렸다. 하지만 아쉽게도 아직까지 한 번도 상을 받지는 못했다. 사정이 이

렇다 보니 '올해 공형진이 상을 받는지' 여부가 영화제 관전 포인트 중 하나가 될 정도다.

매번 수상의 문턱에서 고배를 마실 때마다 우리는 소주잔을 기울이며 서운한 마음을 달랬다. 그때마다 공형진은 좋은 작품을 만나 작품보다 더 좋은 연기를 하겠다고 다짐했다. 언젠가는 꼭 상도 받겠노라며 결의에 찬 모습을 보였다. 내가 본 공형진이라면 머지않아 꼭 원하는 바를 이룰 것이다. 그동안 그의 삶이 그래 왔고, 지금 그가 보여 주는 모습도 그렇다. '노력하는 배우, 욕심 많은 배우 공형진'이라면 앞으로도 한 배를 타고 거친 풍파를 함께 헤쳐 갈 자신이 있다.

만약 당신이 매니저와 신뢰를 바탕으로 같은 비전을 세울 수 있는 관계를 맺을 수 있다면 이보다 더 바람직할 수는 없을 것이다. 스타가 되기 위해 달려야 하는 힘들고 외로운 길에 매니저는 믿고 의지할 수 있는 동반자이기 때문이다.

지나치게 호의를 베푸는 사람을 경계하라.
그리고 모든 일에 냉담한 사람을 경계하라.

—프랑스 속담

스타 그리고 추억
〈배병수와 최진실〉

○ 너무도 강렬했던 기억

막 매니저 일을 시작했을 때 우연한 기회에 영화 촬영장에 간 적이 있다. 하이틴 영화를 많이 만들었던 조금환 감독의 〈있잖아요, 비밀이에요2〉 촬영이 한창이었다. 당시는 하이틴 영화가 인기를 끌었다. 특히 〈있잖아요, 비밀이에요〉 시리즈는 하이틴 영화 중에서도 인기가 대단한 작품이었다. 너무도 구경하고 싶은 영화였기 때문에 나는 기대감에 부풀어 있었다.

그런데 내가 촬영장을 구경하고 싶은 진짜 이유는 따로 있었다. 여주인공인 최진실을 직접 보고 싶었기 때문이다. 최진실은 그야말로 혜성같이 등장한 배우였다. 최진실은 한 광고에서 "남자는 여자하기 나름이에요"라는 대사로 일약 스타가 되어 온 국민의 사랑을 받고 있었다. 그런 최진실을 직접 볼 수 있다는 것만으로도 가슴이 설레었다. 하지만 촬영장에서 아무리 기다려도 최진실은 나타나지 않았다. 모든 제작진이 그녀가 나타나기를 목 빠지게 기다렸다. 그렇게 세 시간이 지났

All about Star

을 즈음, 최진실이 매니저인 배병수와 함께 빨간 스쿠프를 타고 나타났다. 나는 그녀의 차를 보는 것만으로도 기분이 좋아졌다.

그런데 이때 조금환 감독이 최진실을 보자 버럭 화를 냈다. 화가 나는 사정은 충분히 이해가 갔지만, 그 수위가 지나쳐 보였다. 감독은 욕설을 마구 섞어 가며 말했다. "감히 신인이 개념 없이 이렇게 늦어! 건방지기 짝이 없네! 이런 배우와는 촬영할 수 없어!" 당황한 최진실은 연거푸 사과하며 어찌할 바를 몰라 했다.

이때 나를 놀라게 한 것은 배병수의 반응이었다. 감독의 화를 풀어 줄 생각은 안 하고 오히려 더 강하게 응수했다. "왜 우리 배우에게 욕을 합니까? 배우가 늦고 싶어서 늦은 것도 아닌데 너무 심하지 않습니까? 위약금은 물어 주겠습니다. 나도 배우를 함부로 다루는 감독과는 촬영할 수 없습니다!" 그러고는 최진실에게 당장 나오라고 소리쳤다. 최진실은 아무 말 없이 배병수가 시키는 대로 현장을 떠났다. 한바탕 고성이 오고 간 지 10여 분이 지난 후에 감독이 배병수에게 사과하면서 사건은 일단락되었다. 그리고 촬영은 다시 진행되었다.

아직까지도 머릿속에 그때의 상황이 생생하게 남아 있다. 솔직히 배병수의 강단과 배우를 아끼는 모습이 무척 멋있어 보였다. 또 그 상황에서 매니저를 믿고 따라 준 최진실의 모습도 인상 깊었다. 나도 언젠가 같은 상황에 놓이게 되면, 배병수처럼 멋지게 대응하고 싶다는 생각을 했다.

수년이 흐른 후에 나도 똑같은 상황을 마주했다. 양수리 세트장에서 최지우가 〈올가미〉라는 영화를 찍고 있을 때였다. 새벽녘에 최지우와 박용우가 베드신을 촬영할 예정이었다. 나는 너무 피곤해서 잠시 차에서 졸고 있었다. 그런데 얼마 지나지 않아 로드 매니저가 헐레벌떡 뛰어왔다. 촬영이 중단되었는데 아무래도 문제가 심각한 것 같다고 말했다. 황급히 세트장으로 달려갔다. 그런데 멀리서 누군가가 최지우에게 소리를 지르고 있었다. 신인인데 이 정도 가벼운 노출도 각오 안 했냐고 호통을 치고 있었다. 그런데 들어 보니 말을 너무 심하게 했다. 스태프들 앞에서 주인공인 최지우에게 욕까지 하며 마구 화를 내고 있었다. 이때 머릿속에 번뜩 배병수와 최진실 사건이 떠올랐다.

그래서 과거 인상이 깊었던 배병수를 흉내내어 세트장을 발로 뻥 차며 들어갔다. 그러고는 누가 우리 배우에게 욕했냐고 소리쳤다. 알고 보니 평소 인자한 성품을 가진 김성홍 감독이 아니라, 조감독이 최지우에게 화를 내고 있었다. 이에 더욱 화가 나서 촬영을 중단하라고 소리쳤다. 그러고 나서 배병수가 최진실에게 했던 것처럼 나도 최지우에게 얼른 나오라고 큰 소리로 말했다. 그런데 당황스럽게도 최지우는 꼼짝도 안 했다. 그래서 다시 한 번 얼른 나오라고 소리쳤다. 목에 핏대까지 세우면서 눈에 힘을 주고 그녀에게 사인을 보냈다. 그런데 최지우는 여전히 요지부동이었다. 심지어 "실장님, 저 그냥 찍을 게요"라고 큰 소리로 말하는 것이 아닌가.

어차피 촬영을 접을 생각은 추호도 없었다. 다만 주연 배우다운 대접을 받게 하고 재촬영하게 해줄 속셈이었다. 그런데 이렇게 속을 몰라주다니! 스태프들 앞에서 얼굴이 시뻘개지면서 몸이 딱딱하게 굳어 버렸다. 잠시 후 나는 조용히 자리를 빠져나왔다. 새벽의 찬 이슬을 맞으면서 씁쓸히 담배를 태우는데 온몸에서 힘이 다 빠지는 것 같았다.

촬영이 모두 끝나고 한참 뒤에 최지우에게 그때의 일을 물어봤다. 최지우는 내가 정말로 촬영장을 뒤엎을까 봐 무서웠다고 했다. 오히려 나를 돕기 위해 그냥 찍는 게 나을 것 같다는 생각이 들었다는 것이다. 당시에는 당황스러웠지만, 시간이 지나고 보니 최지우의 판단이 이해가 갔다. 하지만 배병수처럼 멋있고 위엄 있는 매니저를 꿈꿨던 계획은 이렇게 한순간에 무너져 버렸다. 그것도 망신을 제대로 당하면서 말이다.

지금까지도 이때의 일을 생각하면 피식 웃음이 난다. 매니저를 하면서 잊을 수 없는 추억 중 하나다. 그리고 촬영장에서 본 배병수와 최진실에 대한 기억은 잊지 못할 추억으로 남았다. 지금까지도 두 사람의 끈끈한 믿음과 환상적인 호흡은 참으로 부럽다.

Star★

Part 2

스타,
깊숙이 들여다보기

어떤 스타가
대중에게
사랑받는가

대중에게 사랑받는 스타의 유형이 정해져 있는 것은 아니다. 시대와 사회적 배경, 문화 흐름에 따라 대중의 욕구가 달라지기 때문이다. 따라서 그 시대에 사랑받는 스타상은 시시각각 변할 수밖에 없다. 시대를 반영하는 스타상이 가장 빠르고 명확하게 드러나는 분야가 가요계다.

'오빠 부대'의 원조이자 1세대 가요계 스타는 단연 남진과 나훈아다. 두 사람이 활동했던 1970년대에는 흔히 볼 수 없었던 서구적인 외모, 엘비스 프레슬리 같은 자신감 넘치는 무대 매너, 심금을 울리는 주옥 같은 노래들이 어우러져 폭발적인 반응을 불러일으켰다. 정치와 경제가 암울했던 시기에 남진과 나훈아는 사람들의 답답한 가슴을 위로해 주었다. 게다가 이때는 미국 등 서구 문화에 대한 대중의 욕구가 한창 높아지고 있었다.

이들의 서구적인 외모와 세련된 몸짓은 선망의 대상이 되기에 충분했다는 것이 전문가들의 분석이다.

1980년대에는 조용필, 1990년대에는 서태지와 아이들이 가요계의 대표적인 스타였다. 특히 현란한 춤과 랩, 노랫말을 선보인 서태지와 아이들의 출현은 가요계의 흐름을 바꿔 버렸다.

뿐만 아니라 패션, 미디어 등 문화 전반에도 큰 영향을 주었다. 갑갑한 현실을 마음껏 비판하고 틀에서 벗어나고 싶어 하는 대중의 욕구를 대변해 주었다.

이후 밀리언셀러의 주인공인 김건모, 신승훈, 그룹의 원조 격인 듀스, 잼, 노이즈 등이 큰 인기를 누렸다. 1990년대 후반 들어서는 10대들의 활약이 시작되었다. HOT, 젝스키스, 핑클, SES 등이 대중이 원하는 젊고 에너지 넘치는 스타상을 반영했다. 이후 박진영, 비, 이효리 같은 섹시 아이콘들이 등장하기까지 가요계에는 대중의 욕구를 반영한 다양한 스타들이 탄생했다.

최근 사랑받는 스타의 유형

`Trend 1` 사랑받는 스타의 외모가 달라지고 있다

1970~1980년대의 남성 스타들은 대부분 선 굵은 외모였고, 여성 스타들은 이목구비가 뚜렷한 미인들이 많았다. 눈 하나만 봐도 쌍꺼풀이 진하고 큰 서구적인 눈을 선호했음을 알 수 있다. 하지만 요즘은 오히려 쌍꺼풀이 없는 작은 눈을 선호한다. 또한 느끼하지 않고 세련된 스타일의 스타들이 많이 탄생하고 있는 추세다. 남자 스타 중에는 소지섭, 이준기, 김남진, 하정우 등이 대표적이다. 또 여자 스타 중에는 탤런트 최여진, 한지혜, 모델 장윤주, 원더걸스의 소희, 영화배우 박보영 등이 있다.

`Trend 2` 스타에게 나이 제한은 없다

지난 시절 스타라 하면 대부분 20대 초·중반을 넘지 않았다. 하지만 요즘은 나이에 크게 구애받지 않는다. 10대 스타들이 꾸준히 배출되는 가운데, 30대에도 신인으로 데뷔해 스타가 되는 경우가 많아졌다. 특히 데뷔 초 그다지 두각을 나타내지 못하다가 나중에 사랑을 받는 경우도 많다. 드라마 〈내조의 여왕〉의 윤상현이나 영화 〈추격자〉의 하정우, 그리고 최근 배우에서 작가까지 활동 영역을 넓히며 패션 아이콘으로 떠오른 이혜영도 마찬가지다.

Trend 3   요즘 스타들에게는 영역이 따로 없다

최근 스타들은 영역을 넘나들며 활발하게 활동하고 있다. 예전에는 가수 출신 배우라고 하면 색안경부터 끼고 봤지만, 요즘은 가수라도 기본적인 연기력쯤은 갖춰야 한다고 생각한다. 소녀시대의 윤아는 일일극 〈너는 내 운명〉에서 성숙한 연기자로 변신했다. SS501의 가수 김현중은 드라마 〈꽃보다 남자〉에서 출연해 가능성을 보여 주었다. 또, 작곡가이자 발라드 가수인 윤종신은 〈라디오 스타〉에서 입담을 과시하며 예능 늦둥이로 맹활약 중이다. 이렇듯 요즘 대중은 한 가지만 잘하는 스타보다 멀티플레이어형 스타를 원한다. 그러므로 요즘 스타들은 자신의 영역만 잘하는 데서 그치지 않는다. 끊임없이 자기 자신을 계발하고 새로운 영역에 도전장을 내밀고 있다.

Trend 4　자기 분야에서 전문가라면 누구든 스타가 될 수 있다

피겨 요정에서 이제는 세계적인 피겨 여왕이 된 김연아 선수는 최근 2년 동안 대한민국을 움직이는 문화 콘텐츠로 급성장했다. 2007년도 삼성경제연구소가 발표한 '2007년 최대 히트 상품'에서 김연아 선수가 히트 상품 3위에 오른 것이 그 단적인 예다. 실제로 그녀가 대중에게 미치는 영향력은 상상을 초월할 정도다. 피겨의 불모지나 다름없었던 우리나라에 피겨 열풍을 일으킨 장본인이다.

김연아 선수가 비시즌에 한국에 머물 때면 정보, 쇼 오락 프로그램, 인터넷 포털사이트 할 것 없이 온통 그녀의 이야기로 도배된다. 또한 패션, 식품, 전자 제품, 화장품 등 광고에서도 김연아 선수를 볼 수 있다. 그녀가 2008년도에 출연한 광고만 해도 무려 14개 이상으로 누적 매출이 1백억 원에 이른다.

김연아 선수는 연예인이 아닌 운동선수로 톱스타가 되었다. 산뜻하면서도 귀엽고 친근한 외모도 한몫했겠지만, 무엇보다 세계 최정상인 피겨스케이팅 실력이 대중에게 감동을 주었기 때문이다. 그 밖에 수영 선수 박태환, 야구 선수 이승엽, 바이올리니스트 사라 장 등 자기 분야에서 뛰어난 천재성을 발휘하는 스타에게 대중은 환호한다. 이들의 열정과 성공을 보며 위안과 용기를 얻는 것이다. 이제 연예인만 스타가 되는 시대는 갔다. 대

중을 감동시킬 수 있는 열정과 능력이 있는 사람이라면 연예인이 아니더라도 스타가 될 수 있다.

Trend 5 요즘 스타들은 이미지 관리를 하지 않는다

'산소 같은 여자' 이영애와 〈모래시계〉의 고현정은 늘 베일 속에 가려져 있는 신비한 스타였다. 하지만 요즘 대중들은 좀 더 친근하게 자신의 다양한 가능성을 보여 주는 스타를 좋아한다. 그래서 신비주의로 일관하던 이영애가 다큐멘터리에서 삼각 김밥을 먹는 모습을 보여 주는가 하면, 고현정이 〈무릎팍 도사〉에 나와 연신 휴지에 코를 푸는 모습을 보여 주기도 하는 것이다. 몇 해 전까지만 해도 상상도 못할 일들이다.

최고의 섹시 아이콘인 이효리는 주말 버라이어티 〈패밀리가 떴다〉에서 맨얼굴에 몸뻬 바지를 입고 땅바닥에 뒹굴며 게임을 한다. 이효리는 섹시하면서도 귀엽고, 친근하다가 엉뚱하기도 한 각양각색의 매력을 보여 준다. 예쁜 척, 멋진 척은 옛말이 되었다. 자신이 어필할 수 있는 다양한 가능성을 최대한 발휘해야만 대중에게 사랑을 받을 수 있는 시대가 된 것이다.

하나의 작은 꽃을 피우는 데도
오랜 세월의 노력이 필요하다.

–W. 블레이크

나에게도 스타성이 있는가

영화 〈왕의 남자〉에는 궁으로 들어간 조선 최고의 광대 장생(감우성)과 폭군 연산(정진영), 그리고 두 사람의 사랑을 동시에 받는 아름다운 광대 '공길'이 등장한다. 감독은 공길 역을 뽑기 위해 신인들을 대상으로 오디션을 보았다. 그런데 경쟁률이 무려 1,000대 1이 넘었다. 그렇다면 엄청난 경쟁을 뚫고 무명의 신인 이준기가 공길 역에 캐스팅된 이유는 무엇일까?

오디션에서 이준기는 날렵한 덤블링과 멋진 태껸 솜씨를 발휘해 조선 시대 궁중 광대가 선보여야 할 줄타기, 재주넘기 등 광대놀음을 잘할 수 있다는 확신을 주었다고 한다. 또한 이준기는 광대 동작을 연구하고 장구와 꽹과리를 배웠으며, 감독에게 공길 역에 대한 의견을 소신껏 말했다고 한다. 여기에 중성적인 매력이 있는 이준기의 외모도 도움이 되었다. 영화가 개봉되자 이준기는 영화의 흥행 돌풍에 일등 공신이라는 평가를 받으며 일약 스타덤에 올라섰다.

그렇다면 과연 당신은 얼마나 스타의 자질이 있는 것일까? 당신이 만약 공길 역에 도전한다면, 또는 손담비 같은 가수에 도전한다면 남들은 당신의 스타성을 어떻게 평가할까? 아래에 스타성을 손쉽게 점검해 볼수 있도록 리스트를 만들어 보았다. 18년간 내가 현장에서 신인들을 발굴할 때 주로 점검했던 부분과 각종 오디션이나 대학 입시에서 감독관들이 중요하게 보는 덕목들을 중심으로 작성한 것이다.

● 스타성 점검 리스트

1. 나는 외모에 자신이 있다   YES □   NO □

2. 솔직히 외모는 자신 없지만
   매력이 있다는 칭찬을 자주 듣는 편이다.   YES □   NO □

3. 나는 웃는 모습이 자신있다.   YES □   NO □

4. 많은 사람들 앞에서도 늘 당당한 편이다.   YES □   NO □

5. 스타(가수, 배우, 개그맨, 모델 등)중
   꼭 닮고 싶은 롤 모델이 있다.   YES □   NO □

6. 나는 무언가에 꽂히면 끝장을 봐야 한다.   YES □   NO □

7. 남들 앞에 자랑할 수 있는 특기가
   두 가지 이상 있다.   YES □   NO □

8. 성대모사나 흉내보다는
   내 장기를 개발하는 게 재밌다.   YES □   NO □

9. 사람들이 나를 주목하게 만들 수 있는
   나만의 방법이 있다.   YES □   NO □

10. 주변 사람들의 일에 신경을 많이 써서
    오지랖이 넓다는 얘기를 들어 본 적 있다.   YES □   NO □

　자, 위의 열 가지 항목 중 YES가 5개 이상이면 한 번 스타에 도전해 볼 만하다. 또, 7개 이상이면 당장이라도 스타가 될 자질이 충분하다고 볼 수 있다. 위 문항들은 도전하는 분야가 무엇이든 간에 스타 지망생에게 공통적으로 필요한 자질을 점검할 수 있도록 꾸며 놓았기 때문이다.

　각 문항을 좀 더 구체적으로 알아보자. 1, 2번 문항에서 볼 수 있듯이 눈에 띄는 외모의 소유자이거나 자신만의 매력이 확실한 사람이 그렇지 않은 사람보다 스타가 되는 데 유리하다. 또한 3, 4번 문항은 끼와 자신감이 있는지 여부를 가늠해 보는 것이다. 5, 6번 문항은 스타가 될 만한 근성을 알아보는 질문이다. 7, 8, 9번 문항은 재능이 있는지를 점검해 볼 수 있다. 이 중 8번 문항의 경우, 성대모사를 연습하는 것이 나쁘다는 뜻은 아니다. 다만 흉내에서 그치는 것이 아니라 창의력이 있는지 여부를 묻는 질문이다. 보통 심사위원들이 오디션을 볼 때, 누군가의 성대모사만 잘하는 사람보다 자신만의 개성을 활용한 장기를 보이는 사람들을 선호하는 것도 같은 맥락이다. 10번은 스타가 되는 데 필요한 인성을 강조하는 문항이다. 이기적인 사람보다는 주변 일에 관심이 많고 사람들을 챙길 줄 아는 인간미 있는 사람이 스타의 자질이 있다고 볼 수 있다.

　스타성 점검 리스트를 보면서 과연 당신은 어떤 사람인지 스스로 돌아보는 시간을 가져 보자.

인기 스타와
톱스타의
차이

인기 스타와 톱스타는 어떻게 다를까? 인기 스타는 반짝 떠서 짧은 기간 많은 사랑을 받고 사라지지만, 톱스타는 오랜 시간 꾸준히 사랑을 받는다.

대부분의 연예인 지망생들은 그저 데뷔하는 것만으로도 기뻐한다. 인기 스타만 될 수 있어도 더할 나위 없이 행복해할 것이다. 하지만 꿈은 크게 꾸는 것이 좋다. 목표가 높으면 그만큼 더 열심히 노력할 것이고, 그만큼 더 목표에 가까이 갈 수 있기 때문이다. 그러므로 현재 자신이 어느 위치에 있든 기죽지 말고 과감히 톱스타를 꿈꿔 보자.

톱스타는 물질적으로도 풍족하고 많은 사람들에게 사랑을 받는다. 그래서 모든 사람들이 톱스타들을 부러워한다. 하지만 모든 것에는 장점과 단점이 있기 마련이다. 세상에 부러울 것이 전혀 없을 것 같은 톱스타들에게도 분명 고민이 있다. 언제나 외롭다는 것이다. 만인에게 사랑받는 대신 마음 터놓고 지낼 친구나 연인을 만나기가 너무 힘들다. 원하면 뭐든지 할 수 있지만, 그 반면에 자유롭게 행동하지 못하는 것도 현실이다.

마이클 잭슨의 눈물

1996년, 마이클 잭슨이 월드투어 콘서트를 하기 위해 우리나라를 방문했다. 세계적인 톱스타가 방문했으니 온 나라가 들썩거렸다. 이때 나는 월드투어 콘서트 한국 공연을 주최한 태원엔터테인먼트에서 일하고 있었다. 운 좋게도 행사 관계자여서 마이클 잭슨을 가까이에서 볼 기회가 몇 번 있었다.

마이클 잭슨과 함께 명동에 갔을 때의 일이다. 마이클 잭슨은 피자 가게에서 피자를 사가지고 직접 들고 나왔다. 그런데 그때 그의 눈시울이 붉어진 것을 보았다. 나와 일행은 혹시라도 실수를 했나 싶어 당황했다. 그래서 다급한 마음으로 통역관에게 왜 마이클 잭슨의 눈에 눈물이 맺혔는지 물어보았다. 그런데 통역관은 의외의 대답을 했다. 마이클 잭슨이 일곱 살 이후, 피자 가게에 와본 게 처음이라는 것이다. 피자 가게를 몇백 개라도 살 수 있을 만큼 부자인 마이클 잭슨이지만 마음 놓고 피자 가게에 갈 수 없었던 것이다. 그가 피자 가게에서 느낀 감정이 무엇인지 조금은 이해할 수 있을 것 같았다. 그런 그의 모습이 한편으로는 씁쓸하기도 했고, 또 한편으로는 대단하기도 했다. 톱스타의 삶에는 보통 사람은 상상하기 힘든 그런 '특별한 무게'가 실려 있음을 느낄 수 있었다.

톱스타의 자리는 늘 고독하다. 하지만 힘들게 스타가 되었는데 그 때문에 괴로워한다면 이처럼 비극적인 일은 또 없을 것이다. 원하는 것을

얻으면 잃는 것도 있는 법이다. 톱스타란 평범한 사람들은 결코 받아
보지 못할 많은 사랑을 받는 자리다. 그만큼 선택받은 삶에 대해 감사
할 줄 알아야 하며 각오를 단단히 해야 한다. 톱스타를 꿈꾼다면 그 화
려함 속의 고독까지도 사랑할 줄 알아야 한다.

인기 스타는 별똥별이고 톱스타는 별이다.
이왕 도전할 거라면 저 하늘의 반짝이는 별을 꿈꾸자.

스타 그리고 추억
〈최지우〉

●이야기 하나─평범함 속에 비범함을 갖춘 신인을 만나다

최지우는 신인 시절 기억에 남는 대사는 '차 드세요!' 뿐이라고 회상한다. '지우히메' 최지우는 드라마 〈아름다운 날들〉, 〈천국의 계단〉, 〈진실〉, 〈신 귀공자〉 등 멜로와 트랜디 드라마를 넘나들며 시청률 불패 신화를 만들었다. 잇단 드라마에서 발랄하면서도 청순한 여배우의 정석으로 자리매김한 후, 2002년 드라마 〈겨울 연가〉에 출연하면서 인생의 큰 전환점을 맞았다. 현재까지도 최지우는 한류 스타 중에서도 톱스타의 자리를 굳건히 지키고 있다.

최지우가 데뷔할 때부터 약 6년간 같이 일을 했다. 사람들은 최지우가 반짝하고 나타나 인기를 얻고, 한순간에 드라마 하나로 한류 스타가 된 줄 알고 있다. 하지만 그녀와 내가 보낸 6년의 시간은 남모를 눈물과 땀이 서려 있다.

심은하의 매니저로 활동할 때는 대한민국 연예계가 나를 중심으로 움직이는 것 같은 기분이 들 정도로 매일 신명이 났다. 주변 사람들은 나를 부러운 시선으로 바라보았다. 내 말 한 마디에 큰돈이 오고 가는 광고며 드라마가 좌지우지됐으니 나도 모르게 우쭐하기도 했다. 하지만 심은하의 매니저를 그만두자 상황이 순식간에 바뀌었다. 하루 종일 정신없이 울리던 호출기도 잠잠해졌고, 나를 대하는 사람들의 반응도 시큰둥해졌다. 문득 이 바닥이 정말 외롭고 고독한 길이라는 생각이 들었다. 사람들이 내 앞에서 열광했던 이유는 스타 때문이지 나 때문이 아니라는 점을 그때 절감했다.

당시 내가 겪은 정신적인 충격은 컸지만, 그렇다고 손 놓고 있을 수만은 없었다. 다시 기운을 차리고 가능성 있는 신인을 찾아 나섰다. 내가 최지우를 처음 만난 게 바로 이 무렵이다. 최지우의 첫인상은 귀엽고 꿈 많은 대학교 1학년 학생이었다. 최지우를 처음 보자마자 그녀의 매니저를 하고 싶다고 자청했다. 당시 더 예쁘고 끼가 넘치는 신인들도 많은데 왜 최지우와 일을 하냐고 물어보는 사람도 꽤 있었다. 하지만 심은하와 일하면서 느꼈던 '평범함 속의 비범함'을 그녀에게서 보았다. 심은하처럼 기회만 잘 잡으면 그녀도 바로 스타가 될 것만 같았다. 이렇게 해서 최지우와 몇몇 신인 연기자의 매니저로 다시 일을 시작했다. 본명인 최미향 대신 최지우로 이름을 바꾼 것도 이 무렵이다.

그러나 얼마 지나지 않아 내 무지갯빛 꿈은 빗나갔다. 드라마에서 괜찮은 배역을 따내기가 말처럼 쉬운 게 아니었다. 상황이 점점 더 어려워지자 함께 일하던 연기자들이 하나둘씩 나를 떠나갔다. 하지만 연기자 중 가장 어렸던 최지우는 떠나지 않았다. 그 모습을 보고 실망하거나 좌절할 시간이 없다는 생각이 들었다. 그래서 좋은 배역을 따기 위해 정신없이 뛰었다. 애를 썼지만 별다른 소득 없이 1년을 보냈다.

도무지 일이 풀리지 않자 의문이 들었다. '왜 최지우는 공채로 뽑힌 연기자인데도 그 덕을 보지 못할까?' 당시 방송국 공채는 스타 등용문이라고 불렸다. 일단 상상을 초월하는 경쟁을 뚫은 신인 연기자여서 기본적인 연기력은 인정을 받고, 또 다른 경로로 데뷔한 신인들에 비해 방송할 기회가 많이 있었기 때문이다. 이렇듯 공채 연기자는 스타가 되기 유리한 환경에서 방송을 시작할 수 있었다. 쉽게 말해 출발선이 남들과 달랐다. 하지만 최지우는 좀처럼 그 덕을 보지 못했다. 오히려 다른 동기들에 비해 뒤처지는 양상이었다.

그래서 우리는 방송 대신 영화나 연극으로 눈을 돌렸다. 기회를 찾던 중, 좋은 소식이 들려왔다. 내가 로드 매니저로 일했던 탤런트 김민종이 영화를 제작한다는 것이었다. 주인공을 공모하고 있었다. 일단 도전해 보기로 결정하고 나서 김민종을 만나 도움을 청했다. 김민종은 나를 반갑게 맞아 주며 말했다. "형, 반가워. 나 혼자 결정할 일은 아니지만 형이 추천하는 신인이라면 아무래도 더 관심 있게 지켜보지 않겠어?" 그의 긍정적인 반응이 내게 실낱 같은 희망을 주었다.

영화의 제목은 〈귀천도〉였다. 여주인공이 1인 2역을 맡아 과거와 현재를 모두 소화해야 하는 퓨전 사극이었다. 신인 연기자에게는 쉽지 않은 배역이었다. 제작 역시 김민종 혼자 하는 게 아니었다. 그 말고도 당시 배우로 최고의 주가를 올리고 있었던 이경영과 제작자 김현택이 함

All about Star

께했다. 이들 모두 고집 있고 꼼꼼한 사람들이었다.

공모에는 신인 배우 5백여 명이 왔다. 만만치 않은 경쟁이었지만 결국 최지우가 여주인공에 낙점되었다. 이때 고맙게도 심은하 매니저를 할 때 알게 된 기자들이 최지우를 많이 도와주었다. 〈귀천도〉에 출연하는 떠오르는 스타라며 최지우의 기사를 많이 써준 것이다. 드디어 스타로서 첫걸음을 내딛는 기분이었다.

최지우와 나는 영화 제작 초기에 웃지 못할 일을 많이 겪었다. 〈하얀 전쟁〉의 조감독이었던 심승보가 감독을 맡았는데, 그가 최지우에게 독특한 주문을 많이 했기 때문이다. 예를 들면, 감독이 최지우에게 대본 연습이 아닌 다른 숙제를 냈다. 주인공에 대한 생각을 날마다 원고지 10장 이상씩 써오라고 했다. 그래서 밤마다 최지우는 글을 쓰고, 나는 옆에서 거들었다. 행동 하나하나가 조심스런 신인일 때라 실수하면 안 된다는 생각으로 힘들어도 열심히 썼다. 이렇게 해서 2주 동안 140장 이상을 써서 감독에게 제출했다.

또 한 번은 이런 일도 있었다. 감독이 갑자기 영화 장소 헌팅에 같이 가자고 제안했다. 영하 7~8도의 추운 겨울이었다. 장소는 시흥 월곶의 한 염전 밭이었다. 도대체 이 추운 날 왜 염전 밭을 헌팅하는데 여주인공과 매니저가 가야 하는지 이해할 수 없었다. 요즘 같으면 더욱 말이 안 되는 상황이었다. 그래도 우리는 시키는 대로 연출부와 함께 헌팅 장소를 따라다녔다.

이런 와중에도 최지우는 열심히 연기 연습을 했다. 그런데 첫 촬영을 하기 전까지 최지우가 가장 많이 한 연습은 '운전 연습'이었다. 왜냐하면 영화 속에서 여주인공이 횡단보도 앞에서 급정거하는 장면을 대역 없이 연기해야 했기 때문이다. 카메라 앞 바로 50센티미터 앞에서 급정거하는 연기였다. 능숙한 운전자라도 부담스러울 수밖에 없는데, 초보 운전자인 최지우는 오죽했겠는가.

이 장면을 소화하기 위해 최지우와 나는 밤마다 한강 둔치에서 연습을 했다. 깊은 밤의 적막을 깨고 울려 퍼지는 '끽!' 하는 소름 돋는 소리. 모두들 잠든 새벽 2시에서 4시 사이, 최지우와 나는 바리케이트를 세워 둔 채 급정거 연습을 했다.

상황이 이렇게 되자 최지우는 주눅이 잔뜩 들 수밖에 없었다. 배우가 역할을 완벽하게 소화하기 위해서는 철저히 준비하는 것은 당연하다. 감독이 최지우에게 주문한 것들도 꼭 필요했다. 하지만 계속 최지우를 밀어붙이자 오히려 처음 의욕적인 모습을 잃어버리기 시작했다. 연기 경력이 없는 신인인 데다가 기까지 죽으니 괜찮은 연기를 펼칠 수 있을지 걱정되었다.

이런 우려 속에 촬영이 시작되었다. 아니나 다를까 7회 차 촬영을 할 즈음에 문제가 터지고 말았다. 제작자이자 배우며 작가였던 이경영이 촬영 중단을 요구한 것이다. 촬영이 원하는 방향으로 원활히 진행되지 않자, 총체적인 문제를 극복하기 위해 과감한 결단을 내린 것이다. 결국 심승보 감독이 하차하고 이경영이 직접 메가폰을 잡았다. 그리고 심승보 감독과 함께 최지우도 중도 하차하고 말았다.

지금도 최지우가 영화에서 빠져야 한다는 얘기를 듣던 순간이 생생하게 기억난다. 이경영이 메가폰을 잡는다는 소식을 듣고 우리는 떨리는 마음으로 영화사를 찾아갔다. 영화에 대한 애착이 컸던 이경영은 우리를 보자마자 영화 얘기를 하기 시작했다. 앞으로 어떻게 찍을 것인지, 어떤 영화를 만들고 싶은지 오랜 시간 얘기를 이어 나갔다. 최지우와 나는 여주인공이 다른 배우로 바뀌었음을 이때서야 바로 알게 되었다.

그의 말을 한참 듣고 있다가 나는 이경영의 말을 끊으며 "잠시만요, 형님. 제가 이 영화를 찍는다면 밤새도록 들어도 지치지 않을 겁니다. 하지만 지금은 형님과 함께 영화에 대한 고민을 할 수 없을 것 같습니다. 어린 배우에게 상처 주지 마세요" 하고 말했다. 주인공 낙점을 받고 최지우와 나는 정말 최선을 다했다. 중도 하차한다는 소식도 감당하기 힘든데 그의 영화 이야기를 긴 시간 들을 기분이 아니었다. 말이 끝나기 무섭게 나는 최지우를 데리고 영화사를 나왔다. 최지우도 나도 하염없이 눈물을 흘렸다. 이때 우리는 두 손을 꼭 잡고 다짐했다. 누구를 원망하거나 서운해하지 말고 열심히 해서 꼭 성공하자고 약속했다.

◉ 이야기 둘—겨울이 왔다면 봄은 멀지 않을 것이다

영화 〈귀천도〉에서 중도 하차한 후 최지우에게 고향인 부산에 내려가서 학교를 다니고 있으라고 했다. 왜냐하면 이미 여주인공으로 언론에 많이 노출되었기 때문에 조용해질 때까지 충분한 휴식 기간이 필요했다.

그렇게 한바탕 소란이 지나갔다. 그러던 어느 날 태원엔터테인먼트의 정태원 대표에게 전화가 왔다. 그는 영화 〈디아볼릭〉을 수입하기로 했는데, 영화 홍보 행사에 최지우를 출전시켜 보라고 권유했다. 〈디아볼릭〉의 여주인공인 샤론 스톤과 이자벨 아자니의 닮은꼴 선발대회를 열 예정이라고 했다. 여기서 1등을 하면 영화 〈박봉곤 가출 사건〉에 출연할 수 있는 기회를 주겠다고도 했다.

나는 고민할 것도 없이 바로 부산에 있는 최지우에게 전화를 걸어 빨리 올라오라고 했다. 최지우는 영문도 모르고 서울로 올라왔다. 행사가 열리는 피카디리 극장 앞까지 와서야 이유를 알고는 난리가 났다. 신인이긴 하지만 공채 탤런트 출신이었던 최지우에게 아마추어 대회에 나가라고 하니 자존심이 무척 상했을 것이다. 얼마 전에 영화의 여주인공까지 할 뻔했으니 충분히 그럴 만했다. 최지우는 눈물을 흘리며 끝까지 안 하겠다고 버텼다. 하지만 나는 여기서 주목받으면 다시 영화를 할 수 있다고 설득했다.

우여곡절 끝에 최지우는 '샤론 스톤 & 이자벨 아자니 닮은꼴 선발대회'에 출전했다. 故 김형곤의 사회로 피카디리 극장 앞에서 대회가 시작되었다. 막상 무대에 오르자 최지우는 이자벨 아자니의 표정과 청순한 매력을 잘 표현했다. 관객들의 호응도 대단했다. 결국 만장일치로 최지우가 대상을 받았다. 솔직히 당시 우리의 심정은 대상을 타서 기뻐하기보다는 이번 수상을 계기로 영화에 출연할 기회를 잡은 것에 안도하는 정도였다.

그런데 뜻밖에도 수상을 한 최지우에게 관심이 쏟아졌다. 한국의 이자벨 아자니가 탄생했다며 인터뷰 요청이 쇄도했다. 한창 최지우의 주가가 오르고 있었지만 나는 다른 곳은 쳐다보지도 않고 〈박봉곤 가출 사건〉을 제작하는 '영화세상' 을 찾아갔다. 그곳에서 훗날 〈키스할까요〉, 〈화산고〉, 〈늑대의 유혹〉 등의 작품을 연출한 김태균 감독을 만났다. 그 자리에서 나는 취지우가 선발대회에 출전하게 된 배경을 당당하게 설명하고 최지우를 꼭 캐스팅해 달라고 했다.

하지만 감독의 생각은 제작자와는 또 달랐다. 그는 〈귀천도〉에서 도중 하차한 배우를 자기가 연출하는 영화에 쓰고 싶지 않다는 의사를 분명히 했다. 또한 자신이 원하는 이미지는 클레오파트라처럼 도도하면서도 묘한 분위기이기 때문에 최지우의 이미지와는 어울리지 않는다고도 했다. 나는 또다시 쓰디쓴 좌절을 맛보며 영화사를 나올 수밖에 없었다. 이번에는 정말 최지우에게도 면목이 없었다.

온몸에서 힘이 다 빠져나간 것 같았다. 그러다 물끄러미 뒤따르는 최지우를 돌아봤다. 힘없이 따라오는 최지우를 보자 갑자기 오기가 생겼다. 그냥 이렇게 물러설 수는 없다는 절박함에서 나온 오기였다. 곧바로 최지우를 데리고 미용실로 갔다. 그리고는 흔히들 클레오파트라 머리라고 부르는 귀밑 단발머리로 스타일을 바꿨다. 보통 사람들은 기분 전환 삼아 헤어스타일을 바꾼다. 하지만 연예인에게 헤어스타일을 바꾸는 것은 굉장히 중요한 문제다. 특히 이때는 최지우가 긴 머리의 이자벨 아자니를 닮아서 화제가 되고 있었다. 그랬기 때문에 클레오파트라처럼 머리를 자르는 것은 굉장히 큰 결단이 필요했다. 헤어스타일을 바꾸고 최지우와 나는 두 시간 만에 다시 영화사를 찾아갔다. 김태균 감독은 최지우와 나를 번갈아 보며 어이없어했다. 잠시 후 김 감독은 최지우의 열정에 감동해 흔쾌히 역할을 주었다.

이때까지도 우리는 〈박봉곤 가출 사건〉이 어떤 영화인지 전혀 몰랐다. 최지우의 배역이 무엇인지도 몰랐다. 하지만 우리는 영화에 출연하게 되었다는 사실만으로도 너무 기뻤다. 영화의 시나리오를 받고 최지우와 나는 입이 떡 벌어졌다. 우리나라를 대표하는 연기파 배우인 안성기와 심혜진 옆에 최지우의 이름이 있었기 때문이다. 이런 대배우들과 함께 주인공으로 캐스팅됐다는 것이 믿겨지지 않았다. 잠시 머리가 멍했지만, 잘해보겠다는 욕심이 가슴속에서 마구 불타올랐다.

1996년에 개봉한 영화 〈박봉곤 가출 사건〉은 주부 가출 문제를 코믹하게 다룬 영화다. 여기서 최지우는 무뚝뚝한 표정의 정육점 주인인 벙어리 처녀 은선 역을 맡았다. 최지우는 정말 열심히 연습했다. 영화는 전국 방방곡곡에서 촬영했다. 당시 돈이 없었기 때문에 최지우를 데리고 다니기 위해 친구에게 돈을 꿔서 중고차를 샀다. 하지만 고물차였기 때문에 수시로 고장이 났고, 어떤 때는 달리다가 차가 서기도 했다. 지금 생각하면 아찔한 순간도 많았지만 최지우와 나는 조금도 힘들지 않았다. 어렵게 잡은 기회이기 때문에 이만한 어려움은 달콤하게 느껴졌다.

◉ 이야기 셋─뜻이 있는 곳에 길이 있다

최지우가 이자벨 아자니 닮은꼴 선발대회에 나간 것은 어쩌면 신이 최지우에게 준 천금 같은 선물이나 다름없다. 왜냐하면 이 대회에 출전한 이후로 꼬인 매듭이 풀리듯 일이 술술 풀렸기 때문이다. 한참 지방을 다니며 〈박봉곤 가출 사건〉을 찍고 있을 때였다. 이자벨 아자니 선발대회의 진행을 맡았던 故 김형곤에게 연락이 왔다. 같이 연극을 하고 싶다는 제안이었다. 제안을 받고 나는 깊은 고민에 빠졌다. 〈귀천도〉에서 연기력 부족으로 하차한 아픔을 한 번 겪었기 때문에 연기력 없이는 인정받기 힘든 연극 무대에 선다는 게 무척 부담스러웠다. 하지만 고민 끝에 한 번 도전해 보기로 결정했다. 최지우도 나와 같은 생각이었다.

연극 〈병사와 수녀〉(1996)는 전쟁 중에 외딴 섬에 격리된 수녀와 병사가 벌이는 코믹한 이야기를 담은 작품으로 104회 상연했다. 여기서 최지우는 귀엽고 재미있는 수녀 역을 맡았다. 다행히도 연극도 그리고 최지우의 연기도 반응이 좋았다. 이때 단련한 연기력이 이후 그녀의 연기에 좋은 밑거름이 되었다고 생각한다.

곧이어 KBS 드라마국의 이응진 피디에게 연락이 왔다. 새 주말 연속

극 〈첫사랑〉의 여주인공을 제안받은 것이다. 나는 떨리는 가슴을 간신히 진정시켰다. 최지우는 그 어렵다는 방송사 공채 출신이었지만 드라마에서 변변한 역할 하나 맡지 못했다. 그래서 영화와 연극으로 눈을 돌렸는데, 이제는 거꾸로 방송사에서 주인공 역할을 주겠다고 하는 것이다. 우리는 펄쩍 뛸 만큼 기뻐했다.

하지만 고심 끝에 이번에는 우리 쪽에서 제안을 정중히 거절했다. 앞서 약속한 영화와 연극을 하고 있었는데, 드라마까지 소화할 수는 없었다. 스케줄을 소화하기도 불가능했지만 욕심을 내고 시작해도 역량을 제대로 발휘할 수 있을지 의문이 들었다.

너무도 아까운 기회였지만 최지우는 마음을 다잡고 연극에 최선을 다했다. 연극은 호평 속에 80회 이상 진행되었고, 영화 촬영도 막바지에 이르렀다. 이때 다시 이응진 피디에게서 연락이 왔다. 그는 거두절미하고 "배용준이 상대역인데 정말 할 마음이 없나?"라고 물었다. 당시 배용준은 떠오르는 스타로 대중의 인기를 많이 받고 있었다. 주목받는 신인 정도였던 최지우의 상대역으로는 더 없이 좋은 배우였다.

하늘이 도왔는지 다행히도 스케줄을 조정할 수 있어서 우리는 부푼 가슴을 안고 드라마에 도전했다. 전라도 변산에서 막바지 영화 촬영을 하고, 서울의 대학로에서 연극을 하고, 또 경기도에서 드라마 촬영을 하며 강행군을 했다. 때로는 일주일에 통틀어 10시간밖에 못 잘 때도 있었다. 그래도 최지우는 마냥 행복해하며 연기에 몰두했다. 이렇게 해서 촬영을 마친 영화는 이른바 '대박'이 났고, 연극도 마지막까지 연일 매진이었다. 드라마 〈첫사랑〉 역시 시청률 40퍼센트에 육박하는 인기를 끌었다. 내 눈앞에서 또다시 스타가 탄생하는 순간이었다.

최지우가 한창 인기 가도를 달리고 있을 무렵, 그녀가 내게 대형 승용차를 한 대 선물했다. 성공하면 걸핏하면 고장이 나 애를 먹였던 중고차를 바꿔 주고 싶었다고 했다. 나는 늘 조마조마한 마음으로 최지우를 태우고 다녔고, 그녀는 덜커덩거리는 차에서 쪽잠을 자며 대본을 외웠다. 최지우는 먼지 나는 시골길을 달리던 신인 시절을 잊지 않고 있었다.

이때의 아련한 추억을 떠올리면 지금도 콧등이 시큰하다. 나는 지금도 최지우와 보냈던 시절을 가장 보람스러운 순간으로 꼽는다. 누구에게라도 내가 최지우의 첫 매니저를 했다고 당당하게 말할 수 있다. 최지우의 매니저를 그만둔 지 벌써 10년 이상 흘렀지만, 그녀와 함께 동고동락한 5년은 평생 잊지 못할 경험이자 추억이다.

Star★

Part 3

스타,
이렇게 하면 된다

모두 YES라고
대답할 수 있다면
당신도 스타가 될 수 있다

당신은 웃을 줄 아는가

예로부터 우리 민족은 예의를 무척 중요하게 여겼다. 그렇기 때문에 안으로는 효孝와 의義를, 밖으로는 타인에 대한 예의를 강조하는 문화가 이어져 오고 있다. 그래서 우리나라 사람들은 서양 사람들에 비해 감정 표현을 하는 것이 무척 조심스러운 편이다. 사회는 빠르게 변화하고 있지만, 감정 표현에 인색한 분위기는 여전히 남아 있는 듯하다.

하지만 스타가 되고 싶다면 이런 태도는 당장 바꿔야 한다. 스타와 점점 더 거리가 멀어지게 만드는 지름길이기 때문이다. 스타가 되고 싶다면 자신의 감정을 표현하는 데 절대 인색해서는 안 된다.

희망하는 분야가 연기자가 아니고 가수나 개그맨이라도 마찬가지다. 인간이 느낄 수 있는 희로애락을 자연스럽게 표현할 줄 아는 능력이 절실한 분야가 바로 연예계다. 그 이유는 자신을 어떻게 표현하느냐의 여부가 대중의 눈길을 얼마나 사로잡을 수 있는지를 결정짓기 때문이다. 또한 자연스럽게 감정 표현을 잘하는 사람은 그만큼 대중과 소통하기가 수월한 이점이 있다.

누구나 한 번쯤 카메라 앞에 설 기회가 있을 것이다. 이때 왠지 모르게 자신의 표정이 어색해지는 경험도 해봤을 것이다. 웃고 있는데도 찡그린 것처럼 보이기도 하고, 다양한 표정을 시도해도 한 가지밖에 표현이 안 되면 참으로 당황스러울 따름이다.

그런데 일반인뿐 아니라 신인들도 이런 경험을 하기는 마찬가지다.

프로필 사진을 찍을 때나 오디션을 볼 때면 난생 처음 카메라 앞에 서 본 사람처럼 어색하게 웃는 사람들이 수두룩하다. 하지만 배용준, 최지우, 비, 이병헌, 장동건 같은 한류 스타들을 보라. 이들 중에 웃는 모습이 어색한 스타는 아무도 없다. 스타가 자연스럽게 자신의 감정을 표현할 줄 알아야 대중이 편안하게 받아들일 수 있는 건 너무도 당연하다.

한번은 탤런트 강남길과 연습실에서 이야기를 하고 있었다. 그런데 물끄러미 신인 연기자들의 연기를 지켜보던 그가 내게 뜬금없는 질문을 던졌다.

"웃음의 종류가 몇 가지나 된다고 생각해?"

평소 깊게 생각해 본 적이 없어서 나는 우물쭈물하며 아무 대답도 못했다. 사실 그가 왜 그런 질문을 하는지조차 이해하지 못했다. 내가 그런 생각을 하고 있을 때, 강남길은 선문답하듯 이런 대답을 이어 갔다.

"웃음의 종류는 수백 가지야. 기뻐서 웃는 웃음도, 화를 참지 못해서 나오는 웃음도 수백 가지야."

그 일이 있은 지 얼마 지나지 않아 우연히 강남길의 대본을 볼 기회가 생겼다. 그때야 비로소 나는 그의 말뜻을 제대로 이해할 수 있었다. 그의 대본을 보니, 대사 밑에 친 밑줄보다 지문에 적은 깨알 같은 글씨가 훨씬 많았다. 예를 들어, 대사가 한 줄 있고 그 옆에 '웃는다'라는 간단한 지문이 있으면, 지문 옆에는 강남길이 해놓은 메모가 가득했다. '기쁨을 참지 못해 왼쪽을 본다. 그러면서 오른쪽 입술을 45도 올리고 어깨를 조금씩 들썩거린다'라고 써놓았다. 알고 보니 강남길은 짧은 순

자, 지금 당장 가까이 있는 거울을 집어 들고 활짝 웃어 보자. 당신의 미소가 자연스럽고 매력적이라 느껴지는가? 그렇다면 당신도 스타가 될 자격이 있다. 하지만 자신의 모습이 어색하게 느껴진다면? 지금부터 바로 연습을 시작해 보자.

간의 웃음 한 가지를 표현하기 위해 배역의 감정과 표정 그리고 몸동작까지 연구하고 있었다. 이렇게 조금이라도 더 자연스러운 감정 표현을 통해 시청자에게 다가서고자 노력하고 있었다.

자, 지금 당장 가까이 있는 거울을 집어 들고 활짝 웃어 보자. 당신의 미소가 자연스럽고 매력적이라 느껴지는가? 그렇다면 당신도 스타가 될 자격이 있다. 하지만 자신의 모습이 어색하게 느껴진다면? 지금부터 바로 연습을 시작해 보자. 그렇게 연습을 되풀이하다 보면 자연스러운 표정 속에서 자신만의 매력을 발견할 수 있을 것이다. '누가 봐도 어색하지 않은 자신만의 밝은 웃음'은 스타가 되기 위한 필수 덕목 중 하나다.

당신은 미쳐 본 적이 있는가

사전에서 '미치다'를 찾아보면 '정신에 이상이 생겨 말과 행동이 보통 사람과 다르게 되다'라고 나와 있다. 하지만 스타에게만큼은 미쳤다는 말처럼 좋은 표현이 또 있을까 싶다. 결론부터 말하자면, 미쳤다는 소리를 들을 만큼 열정적이지 않고서는 절대 스타가 될 수 없다.

어느 분야를 막론하고 힘든 상황에서도 포기하지 않고 미친 듯이 매달려야 원하는 것을 쟁취할 수 있다는 건 모두가 알고 있는 사실이다.

연구에 미친 아인슈타인부터 축구에 미친 박지성이나 바이러스 퇴치에 미친 기업가 안철수 등이 좋은 예다. 자신의 일에 미칠 줄 아는 사람이 프로가 되고 성공도 할 수 있음을 알 수 있다.

연예계도 예외가 아니다. 얼핏 보면 하루아침에 벼락 스타가 된 것처럼 보이는 사람들도 속까지 들여다보면 대부분 몇 년 이상씩 무명의 설움을 겪었다. 하지만 겉으로 보이는 스타에 대한 환상 때문인지 유독 연예계는 다를 것이라고 생각하는 사람들이 많은 것 같다. 남다른 운을 타고난 신의 아들과 딸들만이 스타가 될 수 있다고 여기는 것이다. 너무도 높은 곳에서 빛나고 있기에 그저 바라만 보고 있는 셈이다.

그런데 이렇게 막연히 동경만 하는 것은 결코 바람직하지 못하다. 스타의 참맛을 보려면 반드시 피해야 하는 태도이다. 자기 일에 미쳐야 하는 것은 스타를 꿈꾸는 사람보다 이미 스타가 된 사람들이 더 잘 깨닫고 있는 듯하다. 성공한 뒤에도 현재에 안주하지 않고 끊임없이 노력하며 자리를 지키는 스타들을 많이 볼 수 있기 때문이다.

한류 스타 배용준은 처음에는 그저 눈에 띄는 참신한 신인 배우였다. 그러다가 드라마 〈젊은이의 양지〉에 출연하면서 인기 스타로 성장했고, 〈겨울 연가〉를 통해 하루아침에 범아시아적인 한류 스타로 급부상했다. 지금 그는 '욘사마'라는 이름 석 자만으로도 더 이상 설명이 필요 없는 실로 대단한 스타가 되었다.

배용준이 인기의 정점을 누리던 2004년에 연예계 안팎에서 '몸짱 열풍'이 일고 있었다. 그런데 남부러울 것 하나 없어 보이는 배용준이 돌연 '몸짱 프로젝트' 계획을 밝히며 여기에 가세했다. 초기만 해도 적당히 '몸매 가꾸기'로 끝날 줄 알았다. 하지만 그의 운동은 그리스 조각상처럼 몸을 '개조'하는 수준까지 혹독하게 진행됐다. 100일 동안 배용준은 닭가슴살과 생수만 먹으며 미친 듯이 운동에 매달렸다. 보는 사람들이 저렇게 하다가는 죽겠다고 말릴 정도였다는 후문이다. 그로부터 100일 후, 그는 정말로 그리스 조각상 같은 몸매 만들기에 성공했다. 미남 배우로 이미 수많은 여성 팬을 거느린 욘사마였지만 거기에 만족하지 않고 또 다른 변신을 감행한 것이다.

자신을 향한 대중의 관심이 정점에 있을 때, 이를 기회 삼아 또 다른 자기 안의 가능성을 대중에게 유감없이 보여 준 것이다. 당시 배용준은 이렇게 말했다.

"언제 어떤 역할이든 할 수 있도록 자기를 단련하는 것은 연기자로서 당연히 갖춰야 할 기본 자세라고 생각한다."

어떤 일에 미친 듯이 몰두할 줄 안다면 이미 당신은 스타가 될 자격이 있다는 신호다. 이제 그 열정을 쏟아부을 차례인 것이다. 그러니 스타가 되고 싶다면 어설프게 덤빌 생각만 하지 말고 확실하게 미쳐라.

★ All about Star

어떤 일에 미친 듯이 몰두할 줄 안다면 이미 당신은 스타가 될 자격이 있다는 신호다. 이제 그 열정을 쏟아 부을 차례인 것이다.
그러니 스타가 되고 싶다면 어설프게 덤빌 생각만 하지 말고 확실하게 미쳐라.

당신은 얼마나 단순한가

1997년도에 개봉한 화제작 〈넘버3〉. 극 중 송강호의 "배배배…… 배신
이야!"라는 대사는 너무도 유명하다. 그런데 이것보다 더 강렬한 인상
을 받은 대사가 하나 있다. 영화에서 아내 현지(이미연)는 남편 태주(한석
규)에게 자신을 얼마나 사랑하는지 물어본다. 그러자 태주는 49퍼센트
사랑한다고 대답한다. 영화 끝부분에 현지가 다시 같은 질문을 하자,
태주는 그녀에게 51퍼센트 사랑한다고 대답한다. 현지는 남편의 대답
에 내심 서운해서 예전보다 자신을 겨우 2퍼센트 더 사랑하는 거냐고
되묻는다. 그러자 태주는 "나에게 51퍼센트는 100퍼센트이고 전부야"
라고 자신의 마음을 돌려서 표현한다.

　영화를 보고 나는 이런 생각을 했다. 만약 내가 선택의 기로에서 갈
피를 잡지 못하고 방황하고 있을 때, 51퍼센트와 49퍼센트 이 두 가지
만 생각해 보면 어떨까? 51퍼센트는 곧 100퍼센트이고 49퍼센트는 0
퍼센트라는 생각으로 상황을 보면, 복잡해 보였던 문제가 훨씬 단순명
료해질 것 같은 기분이 들었다.

　연예계에 입문해서 스타가 되기까지의 과정은 오지선다형 객관식 문
제의 답안을 작성하는 것처럼 단순하지 않다. 매 순간 수많은 선택을
해야만 한다. 더욱이 과연 어떤 것이 올바른 선택이 될지 아무도 예측
할 수 없는 상황이 시도 때도 없이 찾아온다. 예를 들면, 대형 기획사이
지만 나를 절실히 원하지 않는 A 회사와 그에 비해 작은 규모지만 나를

더 인정해 주는 B 회사 중 어떤 곳과 계약하는 게 나을지, 노래도 잘하고 연기도 잘하는데 가수와 연기자 중 어느 쪽으로 데뷔하는 게 좋을지, 두 편의 영화에서 섭외가 들어왔는데 어떤 영화를 선택해야 할지 등과 같은 상황이다. 그런데 결정을 할 때마다 머리를 싸매고 고민을 해야 한다면 시간만 낭비하는 것이다. 어떤 경우에는 고민만 하다가 좋은 기회를 놓쳐 버리기도 한다. 일단 선택을 하면 장점과 단점이 보일 수밖에 없다. 이때 택하지 않은 길에 대한 아쉬움은 남기 마련이다. 옳고 그름을 따질 수 없는 선택을 해야 할 때에는 고민하기보다는 과감하게 판단하는 편이 나을 수 있다.

사안을 정확하게 파악한 뒤에는 어느 쪽이 나은 선택일지 49퍼센트와 51퍼센트 이 두 가지만 떠올려 보자. 그리고 생각이 기우는 방향에 따라 이를 0퍼센트와 100퍼센트로 믿고 추진해 보자. 이렇게 하면 판단할 때 훨씬 빠르고 명료해질 것이다. 복잡한 일도 단순하게 처리할 수 있는 결단력이 있다면, 스타가 되는 길은 훨씬 수월해질 것이다. 하고 싶은 일은 재빨리 추진하고, 아니다 싶은 일은 과감하게 포기하는 습관이 필요하다.

[스타 자격증]
웃고, 미치고, 단순해질 수 있는 사람이라면
스타 자격증을 갖고 시작하는 셈이다.
자주 큰 소리로 '웃,미,다'를 외쳐 보자.

스타 워밍업,
이렇게
하면 된다

당신의 꼴은 어떤가

심은하가 신인일 때 있었던 일이다. 하루는 심은하를 데리고 미용실에 갔다. 그런데 헤어디자이너가 내게 핀잔 아닌 핀잔을 주었다. 심은하의 머릿결이 별로 좋지 않으니 관리 좀 받으라는 것이다. 그 얘기를 듣자 얼굴이 달아올랐다. 거기까지 신경 써주지 못해서 심은하에게 미안하기도 했지만, 관리를 제대로 못한 나 자신이 부끄럽기도 했다. 하지만 나름의 변명거리는 있었다. 심은하가 드라마 〈마지막 승부〉에서 '다슬이' 역으로 스타가 되기 한 달 전쯤이었는데, 당시 우리는 드라마 촬영 때문에 눈코 뜰 새 없이 바빴다. 그래서 머리 관리를 하는 건 고사하고, 제때 식사하는 것조차 힘들었다.

얼마 지나지 않아 심은하는 단숨에 스타덤에 올랐다. 그후 다시 미용실을 찾았다. 입구에서부터 헤어디자이너들이 심은하에게 우르르 몰려왔다. 그러고는 관리를 안 했는데도 머릿결이 너무 곱다며 칭찬을 늘어놓았다. 한 달 전의 태도와는 180도 바뀐 반응이었다. 처음에는 한창 잘나가는 스타에게 하는 빈말이라고 생각했다. 하지만 심은하의 머릿결을 칭찬하는 디자이너들의 눈빛에는 진심 어린 감탄과 호의가 담겨 있었다. 이후로도 심은하를 바라보는 사람들의 시선이 얼마나 바뀌었는지 실감할 기회는 많았다.

반드시 외모가 뛰어나야만 스타가 될 수 있는 것은 아니다. 또한 외모의 절대적인 기준이 있는 것은 더더욱 아니다. 미용실에서 심은하가 겪었던 웃지 못할 일처럼, 스타의 외모가 평가될 때는 겉모습뿐 아니라 그 사람의 인기와 행동 하나까지 복합적으로 영향을 끼친다.

하지만 요즘 현장에서 만나는 신인들은 이런 점을 쉽게 간과하는 것 같다. 어떻게 해서든 더 오똑한 코와 큰 눈을 갖고 싶어 하고, 이를 위해 수차례의 성형 수술도 불사한다. 미인이 되기 위해서라면 몇 번이라도 성형 수술을 받겠다는 태도다. 맹목적으로 예뻐지고 멋있어지기만 하면 스타가 되는 줄 안다. 개성을 잃어버리고 점점 더 비슷한 외모와 느낌을 주는 인상이 되어 버린다. 스타가 되려면 겉모습도 중요하지만, 자신만의 개성 또한 중요하다는 사실을 잊지 말아야 한다. 스타가 되기 위한 외모를 갖추었는지 자신의 경쟁력을 따져볼 때 식상한 잣대로 자신을 평가절하하지는 말았으면 하는 바람이다.

당신에게 맞는 옷을 입을 줄 아는가

스타를 꿈꾸는 당신은 과연 어떤 분야에서 스타가 되고 싶은가? 외모는 부족한데 가창력이 뛰어나다면 뮤지컬 배우나 가수가 어울린다. 남들을 웃기는 재주가 있다면 개그맨이 잘 맞는다. 또 남에게 신뢰를 주는 목소리와 외모를 가졌다면 MC가 어울리고, 풍부한 감수성을 가졌다면 탤런트나 배우가 어울린다.

하지만 자신에게 맞는 옷을 찾기란 결코 쉽지 않다. 맞는 분야를 찾는 게 그리 간단한 문제가 아니라는 뜻이다. 자신에게 딱 맞는 옷을 입은 연예인들이 빨리 성공한다. 반면에 맞는 옷을 찾지 못하고 방황하는 연예인들도 수두룩하다.

잘 맞는 옷을 찾기 위해서는 이 두 가지를 꼭 고려해야 한다. '내게 잘 어울리는 옷이 무엇인지', 그리고 '편하게 입을 수 있는 옷은 무엇인지'다. 풀어서 말하면, 전자는 자신이 어느 분야에 도전하면 잘 어울릴지 파악해야 한다는 뜻이다. 후자는 과연 그 길이 스타가 되기 위해 가장 적절한 선택인지 생각해 봐야 한다는 말이다.

이쯤에서 배우 이하나가 떠오른다.

가수 지망생에서 스타 배우로 − 이하나

이하나는 2006년 드라마 〈연애 시대〉로 혜성같이 등장했다. 편안한 옆집 동생이자 여자 친구 같은 이미지로 사랑을 받았고, 그해 SBS 연기대상 뉴스타상을 수상했다. 이후 〈꽃피는 봄이 오면〉, 〈메리 대구 공방전〉, 〈식객〉 등 비슷한 캐릭터로 대중에게 자신의 이미지를 확실히 굳혔다. 그리고 나서 KBS 드라마 〈태양의 여자〉에서는 한층 성숙한 연기를 선보이며 성인 연기자의 대열에 들어섰다. 2009년 드라마 〈트리플〉까지

★ *All about Star*

연예인으로 성공하기 위해서 가장 중요한 것은 '내게 잘 어울리는 옷이 무엇인지', '편하게 입을 수 있는 옷은 무엇인지' 찾아내는 것이다.
전자는 자신이 어느 분야에 도전하면 잘 어울릴지 파악해야 하고, 후자는 그 길이 스타가 되기 위해 가장 적절한 선택인지 생각해야 한다는 것이다.

명실 공히 이하나는 이제 스타가 되었다.

그런데 이하나가 하루아침에 스타가 된 것은 아니다. 연기자로 데뷔하기 전까지 가수 지망생으로 4년을 보냈다. 어찌 보면 이하나의 꿈이 가수인 건 너무도 당연하다. 그녀의 아버지는 〈먼지가 되어〉의 작곡자이자 싱어송라이터인 이대헌이다. 어머니 역시 언더그라운드에서 가수 생활을 했다고 한다. 자연스럽게 이하나는 어린 시절부터 음악을 접하며 자랐던 것이다. 부모의 피를 물려받은 이하나의 노래 실력은 수준급이다. 이렇듯, 언뜻 봐도 이하나에게 잘 어울리는 옷은 '가수'다. 분명 자신에게 어울리는 옷이 무엇인지 잘 파악했다. 하지만 가수의 길은 이하나가 스타가 되기 위한 가장 효과적인 방법은 아니었다.

이하나와 내가 처음 인연을 맺게 된 것은 드라마 〈연애 시대〉 때문이었다. 이 드라마에는 감우성, 손예진, 공형진이 캐스팅된 상태였다. 공형진은 감우성의 친구 공준표 역할을 맡았다. 드라마 속에서 그는 동성과 이성에게 모두 친근한 이미지로, 감우성과 손예진을 이어 주는 중요한 연결 고리 역할이었다.

그런데 이때까지도 공형진의 상대 여배우는 정해지지 않았다. 마땅한 배우가 없어 캐스팅에 어려움을 겪고 있는 상황이었다. 극 중에서 자칫 무거울 수 있는 감우성, 손예진 커플의 사랑과 달리, 공형진 커플의 사랑은 발랄하고 편안해야 했다. 그래서 감독은 여기에 어울릴 신인 여배우를 찾고 있었던 것이다.

감독에게 내가 신인을 구해 보겠다고 말했다. 공형진의 상대역을 구하는 문제인 만큼 내게도 중요한 일이라는 생각에서였다. 막상 큰 소리는 쳤는데, 신인 여배우를 찾기란 정말이지 어려웠다. 이때 친한 후배를 통해 알게 된 신인이 바로 이하나다. 당시 그녀는 가수 지망생으로 번번이 고배를 마셨기 때문에 방향을 바꿔 배우로 가능성이 있는지 알아보고 있는 중이었다.

이하나는 평범한 외모였지만 눈·코·입의 조화가 잘되어 예뻤다. 자연스러운 외모가 대중에게 신선한 느낌을 줄 수 있을 것 같았다. 게다가 공형진의 상대역인 유지호 역할과 잘 어울렸다. 유지호는 엉뚱하면서도 당찬 매력이 있는 취업 준비생이다. 이른바 '백수'인데, 공형진과 함께 친근하게 느껴지면서도 사랑스러운 커플을 연기해야 했다. 이하나가 제격이라는 생각이 들었다. 이런 판단이 서자 곧바로 공형진에게 이하나를 소개했다. 공형진도 그녀를 마음에 들어했다.

곧바로 우리는 감독의 오디션을 받기 위한 준비에 돌입했다. 먼저 이하나에게 백수일 때 어떻게 지냈냐고 물었다. 밥을 먹을 때 모습과 잠자는 버릇까지도 세세히 기억하게 했다. 그리고 그때의 기억을 살려서 연기 연습을 할 것을 주문했다. 또한 유지호는 당연히 이하나가 연기할 거라고 하면서 자신감을 가질 수 있도록 격려했다.

마침내 감독에게 이하나를 소개할 날이 되었다. 나는 이하나에게 화장을 하지 말고 트레이닝복을 입고 오라고 했다. 감독은 이하나를 보고 고개를 갸우뚱했다. 그 뒤 열 번 정도 오디션을 거친 뒤, 결국 이하나가 캐스팅되었다.

연기자로 첫 데뷔인 만큼 이하나는 잔뜩 긴장한 채 촬영을 했다. 마침내 드라마가 방송되었다. 다행히도 공형진과 이하나 커플은 시청자에게 많은 사랑을 받았다. 옆집 오빠와 언니 같은 친근한 이미지의 커플, 그러면서도 알콩달콩 사랑을 키워 가는 모습을 시청자들은 귀엽게 받아들였다. 특히 공형진이 이하나에게 사랑을 고백하는 장면이 화제가 되기도 했다. 사랑한다는 말도 못하고 우물쭈물하는 공형진. 그러다가 이하나에게 "뽀뽀 한 번 합시다!" 하고 외치고 키스하는 장면이 방송된 이후 시청자의 반응은 더욱 뜨거워졌다. 자연히 이하나에 대한 대중의 관심도 함께 뜨거워졌다.

이제 이하나는 자신이 원하는 걸 다 할 수 있는 스타가 되었다. 연기도 할 수 있고, 원한다면 노래도 할 수 있다. 이미 몇몇 예능 프로그램에서 이하나는 노래 솜씨를 자랑했다. 아직까지는 노래보다 연기에 매진하고 있지만, 못 다 이룬 가수의 꿈을 이루는 날도 그리 멀지 않아 보인다.

이하나는 가수가 잘 어울렸다. 하지만 결국 스타로서의 경쟁력은 가수가 아닌 배우에서 찾을 수 있었다. 이하나의 산뜻하면서도 친근한 이미지는 모든 사람들에게 호감을 주었다. 이런 면에서 다른 신인들에 비해 이하나의 매력은 희소성이 있었다.

당신은 무엇이 잘 어울리는 사람인가? 그리고 그것이 바로 당신의 경쟁력이 될 수 있는가? 이 두 가지를 고민해 보자. 만약 두 가지를 모두 충족시킬 수 있는 분야를 찾는다면, 스타가 되는 길이 훨씬 더 가까워질 것이다.

내게 맞는 옷을 입어라!
남의 옷을 입지 마라. 웬지 어색하지 않은가?

당신은 언제나 OK할 수 있는가

당신의 경쟁력은 무엇인가? 영어를 원어민처럼 능숙하게 구사하는가? 아니면 외모가 뛰어난가? 팔굽혀펴기를 한 번에 200개 이상 거뜬히 할 수 있는 체력이 있는가?

아마도 개인이 가진 경쟁력은 각기 다 다를 것이다. 하지만 여기에도 공통점은 있다. 경쟁력을 갖추기 위해서는 누구나 준비를 해야 한다는 것이다. 어느 분야를 막론하고 경쟁력은 곧 '준비성'에서 나온다. 연예계에서 살아남고 싶다면 늘 그 이상을 배우고 준비해야 한다.

몇 해 전, 배용준이 액션 연기에 도전했다가 크게 다친 적이 있다. 대역을 쓰지 않고 직접 연기를 하기 위해 무술을 연습하다가 그만 다리가 부러지고 만 것이다. 그러면 보통 사람들은 다친 김에 편안히 쉴 생각을 할 것이다. 그러나 배용준은 이때 기타를 배웠다. 다리를 못 쓰는 대신 손은 쓸 수 있으니 이 기회에 기타를 배우기로 결심한 것이다. 기타를 배워 두면 언젠가 영화나 드라마에서 쓸모가 있을 거라는 생각에서였다. 배용준의 다리가 다 나을 때쯤, 그는 능숙하게 기타를 연주하게 되었다고 한다.

김명민은 최근에 영화 〈내 사랑 내 곁에〉의 촬영을 끝냈다. 그는 드라마 〈하얀 거탑〉과 〈베토벤 바이러스〉에서 각각 의사와 지휘자로 카리스마 있는 연기를 보여 주었다. 하지만 이번에 영화에서는 시한부 삶을 사는 루게릭병 환자의 연기에 도전했다. 루게릭병 환자를 실감나게 표현하기 위해 김명민은 20킬로그램 이상 몸무게를 줄였다. 죽어 가는 사람의 아픔을 생생하게 표현하기 위해 자신을 내던져 연기를 했다.

한류 스타 류시원은 배우, 가수, MC, 카레이서 등 다방면에서 활약하고 있다. 알고 보면 그도 '준비성'에서 둘째 가라면 서러울 스타라고 할 수 있다. 류시원은 데뷔 초부터 각종 드라마에서 주연을 놓치지 않은 연기자였다. 상대 여배우들도 김희선, 최지우, 하지원, 최진실 등 국내 최정상의 톱스타들이었다. 또 중요한 시상식의 단골 MC로도 활약했다. 미스코리아대회부터 가요제, 영화제 등에서 깔끔한 진행으로 인정받았다. 이후 가수로 데뷔해서 음악 활동 역시 활발히 하며 만능 엔터테이너로 맹활약했다.

그러던 어느 날, 그는 갑자기 일본으로 활동 무대를 옮겼다. 이렇게

개인이 가진 경쟁력은 각기 다 다를 것이다. 하지만 여기에도 공통점은 있다. 경쟁력을 갖추기 위해서는 누구나 준비를 해야 한다는 것이다.
어느 분야를 막론하고 경쟁력은 곧 '준비성'에서 나온다. 연예계에서 살아남고 싶다면 늘 그 이상을 배우고 준비해야 한다.

몇 해가 지나자 국내에서 류시원은 점점 잊혔다. 국내 활동을 안 하는 것이 아니라, 못하는 것이 아니냐는 억측성 소문도 돌았다. 하지만 그는 꿈쩍도 않고 일본에서 기반을 다져 갔다. 가수로 시작해, 광고 모델, 연기자로 영역을 넓혀 갔다. 앨범을 발표할 때마다 성공했고, 2008년 크리스마스에는 5만 석에 대관료가 1억이 넘는 도쿄돔에서 단독 콘서트까지 열었다.(도쿄돔은 일본 가수들도 꿈꾸는 상징적인 콘서트장이다. 우리나라 가수로는 비와 류시원, 최근에는 동방신기가 콘서트를 열었다.) 현재 도쿄 한복판에는 류시원의 건물이 두 개나 있다. 지하부터 지상 3층까지 류시원의 방송 활동 기록과 기념품으로 꽉 채워져 있어, 말 그대로 류시원 박물관이 따로 없다.

류시원이 일본에 진출하는 과정에서 쉬운 일은 하나도 없었다. 몇 달 또는 몇 년씩 계획하고 준비했다고 한다. 그의 철저한 준비성은 일본의 대중문화 평론가들에게도 익히 알려졌다. 전문가들은 그의 일본 진출이 다른 한류 스타들과는 다른 양상을 보인다고 분석한다. 그의 팬들은 유독 충성도가 높고, 팬층 역시 남녀노소를 가리지 않고 폭넓게 형성되어 있기 때문이다. 바로 철저한 '현지화 전략' 때문에 가능했던 것이다.

류시원은 다른 톱스타들처럼 1년에 한두 번 방문해서 팬 미팅만 하고 떠나지 않았다. 늘 팬들과 함께 호흡하고 팬들 입장에서 생각하는 전략을 썼다. 콘서트에서 두 시간 공연을 하면, 한 시간 이상 팬들과 대화의 시간을 가졌다. 늘 스타와 대화하고 싶어 하는 팬들을 위해 다양한 이야깃거리를 직접 준비했다. 기념품도 직접 아이디어를 냈다. '류시원

샴푸'의 경우, 자신의 지문을 펌프 끝에 새겨 넣어 팬들이 샴푸를 쓸 때마다 서로 지문이 맞닿는 효과를 냈다. 또 '류시원 초콜릿'의 경우, 좋은 품질의 초코릿을 만들기 위해 직접 회사를 수소문했다는 후문이다.

류시원은 늘 부드러운 미소를 짓고 있다. 하지만 방송계 안팎에서 류시원에 대한 평가는 정반대다. 그는 늘 완벽하게 준비를 한다. 현재 그는 일본에서 입지를 충분히 다지고, 다시 국내에서 연기 활동을 시작했다. 일본에서 성공한 것에 만족하지 않고 또다시 새로운 목표를 향해 시선을 돌린 것이다. 과연 이번에 그의 목표는 무엇인지 기대가 된다.

흔히 톱스타가 되면 원하면 무엇이든 저절로 따라온다고 생각하기 쉽다. 하지만 배용준, 김명민, 류시원의 경우를 보면 알 수 있듯이 성공하는 사람들은 끊임없이 자신을 계발하고 철저히 준비를 한다. 누구나 부러워하는 톱스타가 되었지만 노력하지 않으면 저절로 따라오는 것은 없다는 것을 너무도 잘 알고 있기 때문이다. 톱스타가 되면 주변에서 부족한 것을 알아서 채워 줄 거라고 지레 짐작하는 건 금물이다. 현실은 결코 그렇지 않기 때문이다.

인기가 오르면 오를수록 또 실력을 인정받으면 인정받을수록 대중의 기대치는 더욱 커진다. 그렇기 때문에 어느 위치에 있든 늘 그 다음을 준비해야 한다. 이런 자세만이 당신을 스타로 만들 수 있고, 또 그 자리에서 오랫동안 사랑받을 수 있게 해준다.

행운은 준비가 기회를 만났을 때 이루어지는 것이다.

－세네카

재능과 운
그리고
노력이라는 삼박자

반짝하고 사라지는 인기 스타가 아닌 오래도록 사랑받는 톱스타가 되기 위해서는 삼박자를 모두 갖추어야 한다. 삼박자란 바로 '운', '노력' 그리고 '재능'이다. 인기 스타는 재능과 운, 노력 중 어느 한 가지만 충족되어도 될 수 있다. 매사에 정말 열심히 준비하는 노력파이거나, 타고난 외모나 빼어난 노래 실력을 갖춘 사람, 또는 선택하는 프로그램마다 대박이 나는 사람은 인기 스타가 될 수 있다는 뜻이다.

하지만 톱스타는 다르다. 분명 재능도 있어야 하고, 재능을 마음껏 발휘할 수 있는 절호의 기회도 잡아야 한다. 그리고 스타의 자리를 지키기 위해 변함없이 노력해야만 톱스타가 될 수 있다. 이 중 어느 하나라도 부족하면 스타의 생명력은 짧아지기 십상이다.

수많은 사람들이 꿈을 꾸지만 아무나 스타의 자리에는 오르지 못한다. 내가 오랫동안 현장에서 일하면서 내린 결론은 재능과 운 그리고 노력이라는 삼박자가 맞아떨어지는 사람들이 톱스타가 된다는 것이다. 누구나 스타가 될 수 있지만, 아무나 될 수 없는 이유가 여기에 있다.

영화배우 정준호는 재능과 운 그리고 노력이라는 삼박자를 고루 갖추었다. 이제부터 그의 이야기에 귀를 기울여 보자.

대한민국 대표 느끼남에서 매력남으로 – 정준호

내가 태원엔터테인먼트에서 나와 새로 사무실을 차렸을 때다. 어떤 신인을 발굴해야 할까, 또 어떤 스타와 일을 할까 등 이런저런 생각으로 머리가 아팠다. 그런데 이때 제 발로 나를 찾아온 배우가 있었다. 바로 MBC 공채 탤런트 24기 정준호였다.

어느 날 정준호가 불쑥 사무실 문을 열고 들어와 2년 전의 약속을 지키러 왔다고 말했다. 나는 무슨 얘기인지 영문을 몰라 고개를 갸우뚱했다. 정준호는 2년 전에 했던 약속에 대해 말해 주었다. 그가 막 탤런트가 되어 연수를 받고 있을 때 사석에서 나와 만난 적이 있었다고 한다. 내가 그에게 매니저가 있냐고 물어보자 MBC에 소속된 상태라고 대답했다. (24기 공채 탤런트부터는 2년간 MBC 프로덕션에서 직접 매니지먼트를 했다.) 그러자 내가 MBC 프로덕션과 계약이 끝나면 함께 일하자고 제안했다는 것이다. 그의 얘기를 듣다 보니 까마득히 잊고 있었던 2년 전의 일이 조금씩 기억났다. 약속을 지키기 위해 직접 찾아온 정준호가 무척 고마웠다. 그래서 나는 곧바로 그와 함께 일을 시작했다.

제일 먼저 우리는 2년간 정준호가 쌓은 이미지를 분석했다. 그는 1995년 MBC 주말 연속극 〈동기간〉으로 데뷔했다. 이후에도 MBC 드라마에서 주연 또는 주연급 조연으로 줄기차게 출연했다. 워낙 외모가 준수했기 때문에 신인이었지만 출연 기회가 많았던 편이다. 드라마에서 크게 주목을 받지 못했는데도, 1997년에는 장화영 감독의 코미디

정준호는 재능과 운 두 가지를 다 손에 쥐었지만 그가 스타로 거듭날 수
있었던 결정적인 계기는 바로 '노력'이었다. 대중에게 다가서기 위해 스
스로 새로운 캐릭터에 끊임없이 도전했다. 이런 과정을 거치며, 자신의
가능성을 보여 주고 대중과도 더욱 친숙해진 것이다. 결국, 재능, 운 그리
고 노력 이 세 가지가 모두 빛났을 때, 그는 잘생긴 신인 배우에서 충무로
의 스타로 성장할 수 있었다.

영화 〈일팔일팔〉에 출연하며 영화배우로도 활동했다.

이렇게 2년 동안 활발하게 활동했는데, 정준호가 얻은 별명은 '조기 종영'이었다. 출연하는 드라마마다 조기 종영했기 때문에 붙은 별명이다. 게다가 그가 주로 맡은 역할은 오히려 사람들에게 부정적인 이미지만 심어 주었다. 잘생긴 외모 때문인지 '변호사', '부잣집 아들', '바람둥이' 같은 역할만 맡았다. 정준호는 대중에게 사랑받기 힘든 역할만 계속해 오고 있었던 것이다.

나와 정준호는 이미지 변신을 확실히 하기로 마음먹었다. 꼭 주인공이 아니어도 좋고, 유명한 여배우가 없어도 괜찮았다. 가장 먼저 해야할 것은 부정적인 이미지를 깰 수 있는 역할을 찾는 것이었다. 정준호에게 맞는 좀 더 남자답고 친근한 캐릭터를 연기할 수 있는 작품을 찾았다.

그러던 중 1999년도에 방영된 MBC 드라마 〈왕초〉에 출연하게 되었다. 정준호는 난생 처음 머리를 짧게 자르고 조직의 보스 역할에 도전했다. 방송 초기에 정준호의 비중은 정말 작았다. 예상은 했지만 막상 역할이 그렇다 보니 정준호나 나나 걱정이 많았다. 하지만 매 회 분량이 늘어나더니, 드라마가 끝날 즈음에는 주인공과 다름없는 중요한 역할이 되어 있었다.

〈왕초〉는 남자들의 의리를 보여 주는 드라마다. 여기에서 정준호는 처음으로 남자다운 역할을 맡았다. 시청자들은 잘생긴 외모와 달리 의외로 소탈하고 의리 있는 모습의 정준호를 좋아하기 시작했다. 〈왕초〉

를 계기로 정준호는 '부잣집 아들', '바람둥이' 역에서 탈출할 수 있었다. 대신 다양한 캐릭터로 변신을 거듭하며 도전하고 또 도전했다.

당시 큰 화제를 몰고 온 조성모의 뮤직 비디오에서 킬러 역을 하는가 하면, 독립군 투사들의 이야기를 다룬 영화 〈아나키스트〉에서는 혁명 과정에서 도덕적 딜레마에 빠진 휴머니스트 역을 맡기도 했다. 영화 〈싸이렌〉, 〈흑수선〉까지 한 번도 비슷한 캐릭터를 연기하지 않았다. 이후 영화 〈두사부일체〉, 〈가문의 영광〉에서는 엉뚱하고 미워할 수 없는 조직 보스의 캐릭터로 인기 몰이를 하며 충무로에서 인정받는 배우로 자리를 굳혔다. 현재 그는 최고의 주가를 올리는 남자 배우 중 한 명이다.

정준호는 배우에게 가장 유리한 조건인 출중한 외모를 가졌다. 또한 공채 탤런트에 합격해 신인 때부터 많은 기회를 잡았으니 운도 좋았다고 볼 수 있다. 이렇듯 정준호는 재능과 운 두 가지를 다 손에 쥐었지만 그가 스타로 거듭날 수 있었던 결정적인 계기는 바로 '노력'이었다. 대중에게 다가서기 위해 스스로 새로운 캐릭터에 끊임없이 도전했다. 이런 과정을 거치며 자신의 가능성을 보여 주고 대중과도 더욱 친숙해진 것이다. 결국 재능과 운 그리고 노력 이 세 가지가 모두 빛났을 때, 그는 잘생긴 신인 배우에서 충무로의 스타로 성장할 수 있었다.

스타 그리고 추억
〈박지윤〉

○ 매니저의 전성기를 달리다

내가 최지우의 매니저를 하고 있을 무렵이다. 태원엔터테인먼트에서 최지우와 함께 계약을 맺고 회사로 들어와서 일하자는 제안을 해왔다. 이 무렵 태원엔터테인먼트는 영화 〈마스크〉, 〈덤앤더머〉, 〈디아볼릭〉을 수입해 흥행에 크게 성공했을 때였다. 많은 매출을 올리며 성장하고 있는 회사여서 믿을 만해 보이긴 했다.

제안이 들어왔을 때는 최지우가 우여곡절 끝에 드라마 〈첫사랑〉을 시작할 무렵이었다. 나는 고민이 되었다. 한창 최지우가 잘되고 있던 터라 스타가 될 날이 멀지 않아 보였기 때문이다. 그렇게만 되면 머지않아 나도 매니저로서 자금도 확보하고 명예까지 얻을 수 있다는 생각이 들었다.

하지만 그때까지 기다리기에는 상황이 그리 여의치 않았다. 사무실도 없었고, 겨우 마련한 고장 난 중고차에 최지우를 태우고 다닐 정도였다. 이렇게 자금이 없어서는 쑥쑥 성장하고 있는 최지우를 충분히 뒷

받침하지 못할 것만 같았다. 그래서 나는 이 회사와 전속계약을 맺고 실장으로 일을 하기로 결심했다. 얼마 지나지 않아 정말로 최지우는 스타 대열에 들어섰다. 나도 자연스럽게 회사에서 입지를 단단히 굳힐 수 있었다. 한창 매니저로서의 자신감이 충만할 때였다.

그러던 어느 날, 최지우가 다니던 미용실에서 우연히 액자에 걸려 있는 사진을 보았다. 사진 속 모델이 유독 눈에 띄어 미용실 원장에게 누구냐고 물었다. 원장은 모 화장품 회사의 1004립스틱 모델로 활동하는 중3 여학생이라고 알려 주었다. 나는 여학생 모델에 대해 좀 더 알아보았는데, 광고 모델로는 이미 꽤 알려져 있었다. 나는 곧바로 이 광고 모델을 찾아가 계약을 맺었다. 그 모델이 바로 지금의 가수 박지윤이다.

박지윤과 계약을 맺긴 했지만, 앞으로 어떤 방향으로 나아가야 할지는 고민이었다. 박지윤이 중학생이었기 때문에 더욱 그랬다. 연기자로 활동한다면 아역 배우로 활동해야 하는 상황이었다. 하지만 박지윤은 또래에 비해 조숙한 분위기였기 때문에 이와는 어울리지 않았다. 더욱이 어설프게 아역을 했다가는 그 이미지 때문에 성인 연기자로 활동하는 데 방해만 될 것 같다는 생각이 들었다. 활동을 안 시킬 수도 없고, 그렇다고 시키기도 겁나는 그런 상황이었다.

일단 박지윤과 대화를 해봐야겠다는 생각이 들었다. 그녀를 사무실로 불러 가장 자신 있는 게 뭐냐고 물었다. 그러자 박지윤은 어렸을 때 성악을 공부한 적이 있다고 대답했다. 노래를 한번 불러 보겠냐고 부탁했다. 그러자 박지윤은 이소라의 〈기억해 줘〉를 불렀다. 별다른 기대를 하지 않았는데 의외로 노래를 잘했다. 게다가 성악을 배워서 그런지 음색이 꽤 독특했다. '바로 이거다!' 라는 생각이 스쳐지나갔다.

박지윤의 음반을 만들기 위해 매니저 선배이자 음반 제작자인 강민 대표를 찾아갔다. 그는 박지윤의 노래를 듣고는 리메이크하려고 준비해 둔 곡 〈하늘색 꿈〉을 내주었다. 처음 박지윤이 〈하늘색 꿈〉을 불렀을 때만해도 왠지 모르게 촌스러운 느낌이 났다. 그래서 고민하다가 랩을 넣어 봤는데, 곡이 훨씬 세련되게 다듬어졌다. 이렇게 해서 곡도 만들어졌으니 다음은 음반사를 찾아야 할 차례였다. 하지만 생각처럼 쉽지 않았다. 나는 이쪽 분야에서는 아직 '초짜'였다. 김민종의 로드 매니저를 한 경험은 있지만, 음반 홍보를 전문적으로 해본 적은 없기 때문이다.

음반사의 문을 두드리던 중, S라는 한 음반사와 미팅을 하게 됐되었다. 그 자리에서 이들은 내게 세 가지 질문을 했다. "PR, 자신 있습니까?", "앨범을 하루에 1천 장 이상 팔 수 있습니까?", "일주일에 30회 이상 방송에서 음악을 들을 수 있습니까?" 나는 이렇게 대답했다. "PR은 자신 있습니다. 그런데 앨범이나 방송이 그만큼 나가면…… 그게 많은 겁니까?"

사실 정말 몰라서 그렇게 대답했다. 가요계 흐름을 잘 몰랐기 때문에 그 정도면 성공이라고 할 수 있는지 물어본 것이었다. 그런데 음반사 쪽에서는 내 대답을 '자신감'으로 흔쾌히 받아들였다. 미팅을 한 뒤 1억 5천만 원을 받고 계약을 체결할 수 있었다.

당시 신인 가수들에게는 계약금으로 몇천만 원 받는 것은 흔치 않은 일이었다. 특히 박지윤처럼 성공을 장담하기 힘든 신인에게 1억 5천만 원은 파격적인 대우였다. 그도 그럴 것이 당시 박지윤의 도전은 새로운 길을 개척하는 것과도 같았다. 예를 들면, 리메이크 곡이 그러하다. 지금이야 가수들이 리메이크 곡을 부르는 게 흔해졌다. 하지만 1990년대 중·후반인 당시만 해도 타이틀 곡을 리메이크 곡으로 부르는 경우는 거의 없었다.

중학교 3학년 여학생이 솔로로 데뷔한 것도 새로운 시도이기는 마찬가지였다. 몇몇 아이돌 그룹이 있긴 했지만, 박지윤같이 어린 여학생이 혼자 노래를 부르는 경우는 없었다. 이렇게 데뷔해서 대중에게 주목을 받을 수 있을지는 아무도 장담 못하는 상황이었다. 이런 상황에서 박지윤이 〈하늘색 꿈〉으로 가수 데뷔를 했다.

그리고 데뷔에 맞춰 나는 보따리장수로 변신했다. 앨범을 가득 들고 음악이 나오는 곳이면 어디든 찾아갔다. 전국의 방송국을 돌며 텔레비전과 라디오 관계자들에게 앨범을 돌렸다. 이태원이나 강남의 나이트클럽에도 가고, 남대문이나 동대문 시장도 돌아다녔다. 박지윤도 어린 나이임에도 투정 한 번 하지 않고 최선을 다해서 노래를 부르며 나를 따랐다.

청순한 듯 섹시한 묘한 매력이 풍기는 외모, 거기에 독특한 음색의 목소리, 환한 미소로 〈하늘색 꿈〉을 부르는 박지윤은 대중에게 신선하게 다가설 수 있었다.

그렇게 정신없이 4주가 지났다. 그리고 박지윤의 흥행 성적도 나왔다. 음반 발매 첫날에만 앨범이 8천 장이 팔렸다. 그로부터 두 달 동안 40여 만 장의 판매고를 올렸다. 거의 날마다 5천 장 이상의 앨범이 판매된 것이다. 방송 횟수 역시 데뷔 첫 주에 공중파 집계 58회로 연예인 중 1등을 차지했다. 인기 여가수가 앨범 판매 10만 장을 넘기기가 힘든 시절이었다. 그런데 중 3에서 이제 갓 고등학교에 올라간 여학생이 솔로로 나서 40만 장을 팔았다. 결국 박지윤은 대중에게 확실히 자신의 이름 석 자를 알렸고, 나도 음반사와의 약속을 지킬 수 있었다.

나는 신인과 함께 새로운 길에 도전해서 성공했다. 박지윤도 나도 둘 다 아무것도 모르고 덤볐는데 다행히도 원하는 걸 모두 얻을 수 있었다. 이때의 성공은 내가 새로운 길에 도전할 때마다 큰 힘이 되고 있다.

Star★

Part 4

스타가 되기 위해
해야 할 것과
하지 말아야 할 것

이것만은
하지
말자

한 길만 바라보지 마라

어느 화창한 날, 당신이 등산을 하고 있다고 상상해 보자. 산 중턱까지 정신없이 오르자 땀이 비 오듯 흐르고, 갈증으로 목이 타들어 가는 듯하다. 그래도 오늘만큼은 끝까지 참고 정상까지 오르기로 결심한다. 한 번도 정상까지 가보지 못했기 때문에 오늘은 꼭 성공하겠다고 의지를 불태운다.

그런데 정상을 바로 코앞에 두고 그만 커다란 장애물을 만났다. 얼마 전 내린 폭우 때문에 길이 돌과 진흙으로 뒤엉켜 엉망이었다. 설상가상으로 커다란 고목까지 쓰러져 길을 막고 있다. 이럴 때 당신은 여기에서 그만 포기하고 돌아가겠는가? 아마도 끈기와 집념이 있다면 절대 그런 선택은 하지 않을 것이다. 정상에 갈 수 있는 길이 있다면 한참을 돌아서라도 가겠다고 결심할 것이다. 아니면 아예 다른 사람들이 갈 수 있도록 길을 닦을 것이다.

스타가 되는 길도 마찬가지다. 고지가 눈앞에 보이는데 어려움이 닥쳤다고 해서 포기해서는 절대 안 된다. 연예계에서 '깔끔하게 물러서기'라는 것은 절대 인정받지 못한다. 그렇다면 앞길이 막막할 때는 도대체 어떻게 해야 할까? 이럴 때는 그냥 묵묵히 돌아가면 된다. 이게 무슨 뜬금없는 소리인가 의문스러울 것이다. 쉽게 말하면, 가던 길이 막혔다면 조금 멀고 힘들더라도 묵묵히 돌아가야 한다. 돌아가는 길에 미처 보지 못했던 더 좋은 길을 발견할 수도 있기 때문이다.

* 첫 번째 이야기

최지우는 데뷔 초 알게 모르게 고생을 많이 한 배우다. MBC 공채 탤런트 출신이지만 딱히 이렇다 할 배역을 맡지 못했다. 그리고 어렵사리 시작한 영화 〈귀천도〉에서는 중도 하차하는 시련을 겪기도 했다. 그런 좌절을 맛보고 나서야 조금씩 일이 풀리기 시작했다. 마침내 드라마 〈첫사랑〉에서 배용준의 상대역을 맡은 것이다.

다행히도 최지우는 인기 드라마에서 주목받는 역할을 맡아 차근차근 신선한 이미지를 쌓고 있었다. 하지만 나는 왠지 모를 갈증이 났다. 역할에 비해 분량이 그리 많지 않았기 때문이다. 또한 연기자인데도 연기보다는 산뜻한 외모로만 대중에게 인식되고 있다는 점이 불만이었다. 장수하는 연기자가 되려면 연기력에서도 승부를 봐야 하는데 여전히 신인의 이미지를 벗지 못하고 있었다.

최지우는 워낙 노력하는 배우였기 때문에 연기력이야 경험과 시간이 쌓이면 저절로 늘 가능성이 충분했다. 하지만 문제는 나의 조바심이었다. 하루 빨리 톱스타로 만들고 싶었기 때문에 이대로 시간을 보내고 있기가 아까웠다. 아마도 최지우를 만나기 전, 심은하의 매니저를 했기 때문에 더 그랬을 수도 있다.

하지만 조바심을 낸다고 해서 딱히 다른 길이 보이지도 않았다. 섣불리 색다른 연기에 도전하자니 지금까지 만들어 놓은 좋은 이미지가 깨질까 봐 겁이 났고, 가만히 있자니 갈 길이 한참 멀었다는 생각에 불안했다.

★ *All about Star*

예능 프로그램에 출연함으로써 최지우는 사랑받는 배우이자 CF 여왕으로 발돋움할 수 있는 기회가 되었다.
앞길이 잘 보이지 않을 때, 조금 돌아서 가니 그곳에 길이 있었던 것이다.

　고민을 하던 중에 예능 프로그램에서 섭외가 왔다. 이때만해도 주연급 여자 연기자들은 예능 프로그램에 거의 출연하지 않았다. 더욱이 연기나 인터뷰를 할 때를 제외하고는 평소의 모습을 보여 주거나 화통하게 웃는 여배우는 보기 힘든 시절이었다. 나는 오히려 이런 연예계 분위기에서 예능 프로그램에서 잘만 적응하면 반향이 크지 않을까 생각했다. 그래서 최지우와 나는 '모 아니면 도'라는 심정으로 예능 프로그램에 도전했다.

　예상과 달리 최지우는 각종 예능 프로그램에서 씩씩한 모습을 보여 주었다. 〈몰래 카메라〉에서는 깜짝 놀라서 울거나 정신없이 도망치는 등 망가진 모습을 그대로 보여 주었다. 또 토크쇼에서는 박장대소하는 털털한 모습이 여과 없이 전파를 탔다. 청순한 외모의 소유자인 최지우의 소탈한 모습을 보며 대중들은 친근함과 편안함을 느끼기 시작했다. 예상했던 것 이상으로 대중의 반응은 뜨거웠다.

　더 이상 최지우는 주목받는 신인 배우가 아니었다. 각종 광고 제의가 물밀듯 들어왔다. 결국 예능 프로그램에 출연함으로써 최지우는 사랑받는 배우이자 CF 여왕으로 발돋움할 수 있는 기회가 되었다. 앞길이 잘 보이지 않을 때, 조금 돌아서 가니 그곳에 길이 있었던 것이다.

** 두 번째 이야기

가끔 영화나 드라마를 보면 주인공보다 훨씬 더 눈에 띄는 조연을 발견할 때가 있다. 꼭 주인공이 아니더라도 이런 매력적인 역할을 잘 잡으면 주인공보다 더 인기 있는 스타로 발돋움할 수 있다.

실력은 있는데 좀처럼 주인공 역할을 맡지 못하면 배우들은 대부분 여기에서 자신의 한계를 느끼고 좌절하고 만다. 하지만 이럴 때 주인공만 노리지 말고 조연급이라도 매력적인 역할을 잘 찾아 자기 것으로 만들면 된다. 매력적인 역할을 찾을 때 주의 깊게 볼 역할이 바로 '악역'이다. 이 방법 역시 어려운 길을 돌아가는 지혜라고 할 수 있다.

대한민국 대표 미남인 장동건은 데뷔 초부터 잘생긴 외모에 어울리는 배역을 주로 맡았다. 미남 미녀들이 득실거리는 연예계에서도 워낙 뛰어난 외모라 다른 배역에는 어울리지 않는다는 선입견도 강했다. 그래서 장동건에게는 연기력보다는 늘 '잘생긴 배우'라는 꼬리표가 따라다녔다. 트랜디 드라마의 백마 탄 왕자님 역할 이상을 기대하는 사람은 별로 없었다.

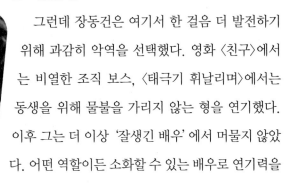

그런데 장동건은 여기서 한 걸음 더 발전하기 위해 과감히 악역을 선택했다. 영화 〈친구〉에서는 비열한 조직 보스, 〈태극기 휘날리며〉에서는 동생을 위해 물불을 가리지 않는 형을 연기했다. 이후 그는 더 이상 '잘생긴 배우'에서 머물지 않았다. 어떤 역할이든 소화할 수 있는 배우로 연기력을

말이 통하고 가슴이 뜨거워져도
우리는 싸워야만 한다!

태풍

장동건 이정재 이미연

www.typhoonthemovie.com 2005년 12월, 두 개의 태풍이 격돌한다!

우린 반드시 살아서 돌아가야 해

태극기 휘날리며

2004 한국영화의 위대한 도전

유오성   장동건

함께 있을 때,
우린 아무것도 두려울 것이 없었다!

친구

★ All about Star

실력은 있는데 좀처럼 주인공 역할을 맡지 못하면 배우들은 대부분 여기에서 자신의 한계를 느끼고 좌절하고 만다. 하지만 이럴 때 주인공만 노리지 말고 조연급이라도 매력적인 역할을 잘 찾아 자기 것으로 만들면 된다. 매력적인 역할을 찾을 때 주의 깊게 볼 역할이 바로 '악역' 이다. 이 방법 역시 어려운 길을 돌아가는 지혜라고 할 수 있다.

인정받으며 빠르게 성장한 것이다. 최근 장동건은 해외로 활동 영역을 넓히고 있다. 거장 첸카이거 감독의 영화 〈무극〉에서 홍콩 스타 장바이즈와 호흡을 맞추는가 하면, 다국적 프로젝트 영화인 〈전사의 길〉의 출연 소식도 들려온다.

이렇게 악역을 선택해 성공한 사례는 무수히 많다. 〈올드 보이〉의 유지태, 〈추격자〉의 하정우가 그랬고, 드라마 〈토마토〉의 김지영, 〈미스터 Q〉의 송윤아도 인상 깊은 악역으로 스타덤에 오른 배우다.

길은 하나만 있는 것이 아니다!
보이지 않는 수많은 길이 있다.
운이 좋으면 지름길을 발견할 수도 있다.

이성에게만 사랑받는 사람이 되지 마라

김완선과 엄정화의 뒤를 잇는 섹시 여가수라 불리는 A. 남자들은 하나같이 그녀의 섹시함이 최고라고 입을 모은다. 하지만 여자들의 반응은 이와는 대조적이다. 그녀를 좋아하는 여성 팬은 눈을 씻고 찾기가 힘들다. 정말 신기할 만큼 팬층이 한쪽으로 치우쳐 있다.

그런데 같은 섹시 콘셉트로 활동하는 이효리의 경우는 A와 무척 다르다. 이효리는 남녀노소 모두에게 사랑받고 있다. 이효리가 이렇게 폭넓게 사랑받는 이유는 무엇일까? 우선 그녀가 가장 자신 있게 내세우는 '섹시함'에 대해서는 아무도 부정하지 않는 분위기다. 남자도 여자도 모두 그녀에게 섹시한 매력이 있다고 칭찬한다. 그러면서도 그녀는 각종 방송을 통해 솔직하고 친근한 모습을 자주 보여 준다. 팬들은 이효리를 편안한 옆집 언니나 친구 같다고 얘기한다.

같은 섹시 가수인데 팬층이 이처럼 확연히 다르다. 한 사람은 이성 팬에게 반쪽짜리 사랑을 받고 있고, 다른 한 사람은 남녀 모두에게 사랑받고 있는 것이다. 그렇다면 과연 어떤 가수가 진짜 생명력 있는 스타일까? 아마 오래 고민할 것도 없이 '이효리'라고 대답할 것이다.

톱스타들의 팬은 남녀노소를 가리지 않는다. 비록 그 스타가 내세우는 이미지가 이효리처럼 '섹시함'이어도 예외는 없다. 동성에게서 "어디 얼마나 예쁘고 얼마나 잘하는지 보자"라는 시선을 받기 시작하면 그 사람은 톱스타가 되기 힘들다. 세상의 반이 남자이고 반이 여자인데, 이미 반을 잃고 시작한 사람이 얼마나 대단한 스타가 될 수 있겠는가?

평소 당신이 이성과 동성 중 어느 쪽에 더 인기가 있는지 곰곰이 생각해 보자. 그리고 한쪽에 치우쳐 있다면 왜 그런지 한 번쯤 따져 봐야 한다. 혹시 당신도 모르게 남들 앞에서 '척'을 하지는 않았는가? '예쁜 척', '잘난 척', '똑똑한 척'을 하지는 않았는지 곰곰이 생각해 보자. 이런 자세야말로 동성에게서 외면받는 지름길이기 때문이다. '당당함'과 '척'은 엄연히 다르다. 스타가 되려면 자신의 장점을 최대한 드러내면서 남들 앞에서도 당당한 모습을 보여야 한다. 좀 더 친근하고 편안하게 동성과 이성 모두에게 다가서는 사람이 결국 진정한 스타로 거듭날 수 있다.

이성에게만 인기를 얻으려다
모두에게 인기를 잃을 수도 있다는 점을 명심하자.

2인자의 위력을 무시하지 마라

바야흐로 2인자의 시대가 왔다. 2등을 1등이 되기 위한 교두보 정도로 여기는 생각은 오히려 진부할 정도다. 무조건 1등이 최고라는 과거의 출세 만능주의는 한풀 꺾였다. 대신 2등의 자리에서 안전하게 실익을 챙기는 것이 주목받고 있다.

 스타의 자리도 마찬가지다. 무대의 피날레를 장식하거나 포스터에 주인공으로 등장하는 1등은 선망의 대상이다. 하지만 모두가 1등이 될 수는 없다. 이럴 때는 '괜찮은 2등' 자리를 노리면 된다. 요즘 같은 세상에 2인자라고 해서 스타가 아니라고 말할 사람은 아무도 없다. 1등 자리에 있는 스타들에게도 말 못 할 고충이 있다. 그 자리를 유지하기 위해 받는 스트레스와 중압감은 상상을 초월할 정도다. 하지만 2인자는 여유가 있다.

자칭 타칭 2인자로 통하는 거성 박명수는 늘 1인자의 자리를 넘보지만 그럴 만한 능력은 없는 캐릭터로 대중에게 친숙하게 다가섰다. 유재석처럼 능숙하게 진행을 해보고 싶어도 발음이 새는 한계를 거리낌 없이 드러내서 웃음을 준다. 음반을 내고 댄스 가수에 도전하지만, 춤도 노래도 마음처럼 되지 않아 웃음을 준다. 박명수는 이렇듯 조금 모자란 듯한 캐릭터로 2인자 자리를 굳건히 지키고 있다. 그래서 사람들은 그를 부담스러워하지 않고, 건방져 보이는 모습까지도 유쾌하게 받아들인다.

조형기는 각종 예능 프로그램에서 감초 역할을 톡톡히 하고 있다. 그도 만년 2인자다. 늘 간판 MC의 옆에서 보조 역할을 하며 오히려 떳떳하게 2인자의 장점을 역설한다. 그는 1인자의 자리는 늘 무언가를 책임져야 하는 고독한 자리라고 말한다. 대신 '가늘고 길게' 오랫동안 즐겁게 방송할 수 있는 것이 2인자의 자리라고 주장한다. 아직까지도 그는 남들이 바라는 자리를 다 마다하고 꿋꿋이 보조 역할을 자처하는 스타다.

고현정은 요즘 인기 있는 드라마 〈선덕여왕〉에 출현하고 있다. 고현정의 출연 소식을 듣고 대부분은 주인공인 선덕여왕 역할이라고 생각했다. 나 역시 당연히 선덕여왕 역할은 고현정일 것이라고 짐작했다. 하지만 그녀가 맡은 역은 선덕여왕이 아닌 미실이다. 드라마에서 미실은 뛰어난 미모와 실력을 겸비해 왕들을 좌지우지하는 악역이다. 고현정은 선덕여왕이라는 타이틀 대신 2인자이지만 강렬한 캐릭터인 미실을 선택했다. 첫 사극에 도전하는 만큼 부담스러운 1인자보다는 매력 있는 2인자 역할을 하는 게 낫다는 계산도 했다는 후문이다. 현재까지 고현정의 이런 선택이 탁월했다는 평가를 받고 있다.

조급해하지 마라

"자고 일어나니 스타가 되었어요." 방송에 나와 이렇게 인터뷰하는 스타들의 말을 한 번쯤 들어 봤을 것이다. 이렇듯 스타들이 성공한 사례를 듣다 보면, 하루아침에 유명인이 된 억세게 운 좋은 사람들이 수두룩해 보인다. 하지만 거듭 강조하지만 스타는 하루아침에 만들어지지 않는다.

월드 스타 비는 박진영의 후광을 등에 업고 혜성처럼 등장했다. 별다른 어려움 없이 앨범을 내고, 쇼 프로와 오락 프로, 드라마에 차례대로 진출하며 차근차근 인기를 쌓았다. 멋진 몸매, 섹시한 춤과 노래, 귀여운 얼굴까지 대중은 그를 사랑하지 않을 수 없었다. 그의 인기는 너무도 당연해 보였고, 그가 스타가 되는 과정은 말 그대로 일사천리로 진행되는 듯 보였다.

하지만 데뷔하기까지 비가 극복해야 했던 어려운 난관은 한두 가지가 아니었다. 가난 때문에 어머니의 당뇨병도 치료해 주지 못했다. 어머니가 돌아가신 뒤 가수로 데뷔하기까지 그는 목숨을 걸고 달려드는 맹수처럼 사나웠다고 한다. 기획사에 들어가 트레이닝을 받던 연습생 시절에는 배가 고파도 돈이 없어 늘 물로 배를 채워야 했다. 일주일에 한 번 중국 요리를 시켜 먹는 날에는 자장면을 먹고 나서 토하고 다시 탕수육을 더 먹었다고 한다. 그만큼 먹고 싶었던 '자장면과 탕수육'이었기 때문이다.

비는 연습을 할 때도 마치 무대에서 공연을 하는 것처럼 최선을 다했다. 탈진할 때까지 춤과 노래를 연습하는 것은 기본이었고, 탄탄한 몸매를 만들기 위해 눈물이 날 때까지 운동을 하고 또 했다고 한다. 이렇듯 그의 환상적인 몸매는 타고난 것이 아니라 눈물겨운 노력으로 만들어졌다. 언제 앨범을 낼 수 있을지 알 수 없었지만, 언젠가 찾아올 기회를 놓치지 않기 위해 최선을 다했던 것이다.

온 국민의 사랑을 받는 피겨 여왕 김연아, 미남 배우 장동건, 빅뱅과 동방신기도 마찬가지다. 대부분의 스타들은 묵묵히 보이지 않는 곳에서 상상도 못할 노력을 한다. 언제나 완벽하게 준비를 하고 있었기 때문에 기회가 왔을 때 그 진가를 발휘할 수 있었던 것이다.

스타의 화려한 모습만 보고 환상을 갖는 것은 위험하다. 그저 복권 한 장을 들고 1등에 당첨되기를 바라는 마음과도 같은 것이다. 스타를 꿈꾼다면 적어도 10년을 내다보고 시작해야 한다. 자신을 가꾸고 훈련해

All about Star

대부분의 스타들은 묵묵히 보이지 않는 곳에서 상상도 못할 노력을 한다.
언제나 완벽하게 준비를 하고 있었기 때문에 기회가 왔을 때 그 진가를 발휘할 수 있었던 것이다.

야 하는 시간, 데뷔해서 얼굴이 알려지는 시간, 스타가 되기 위해 전략적으로 활동해야 하는 시간까지 당장 몇 년 안에 결과가 나오지 않는 멀고 험한 길이다.

　매니지먼트 회사와 신인들이 계약을 맺는 방식도 이런 연예계의 현실을 잘 반영한다. 대개 신인과 매니지먼트 회사가 계약을 맺을 때는 최소 5년 이상을 약속한다. 그만큼 신인을 키워 이윤을 얻기까지 많은 시간이 들기 때문이다. 냉정하게 말해, 연예계의 현실이 이렇다. 한순간에 쉽게 얻을 수 있는 것은 아무것도 없다. 긴 시간을 숨죽이고 노력해야 한다. 조바심을 내면 잘되던 일도 모두 그르칠 수 있다. 신발 끈을 조여 매고 장거리 달리기에 도전하는 자세로 멀리 내다볼 필요가 있다.

　스타에게 '어느 날 갑자기'란 없다.
　조급해하지 말고 쉴 새 없이 도전하라.

신세한탄하다 세월 다 간다

스타가 되고 되지 못하고는 '운'이나 '매니저'에 달렸다는 생각을 하기 쉽다. 특히 연예인 지망생들의 경우, 같이 연습하던 친구가 어느 날 갑자기 인기 스타가 되는 것을 보면 더욱 그럴 것이다. 아무리 생각해도 외모나 재능에는 별 차이가 없어 보이니 그런 생각이 들만하다. 그 모습을 보면 앞길이 막막하고 화도 나고 절망감이 들기도 한다. 그동안 열심히 연습하고 준비한 것이 모두 헛수고가 되는 것 같은 기분이 들고 그러다 보니 저절로 신세한탄을 하게 된다.

하지만 반드시 피해야 할 것이 있다. 바로 '누구 때문에 이렇게 됐다', '누구를 못 만나서 기회가 없다'라는 생각이다. 먼저 데뷔를 해서 활동하는 친구를 보면 부러운 마음이 드는 것은 당연하다. 그런데 이때가 정말 중요하다. 부러워하고 질투하면서 시간을 보내다가는 아무런 발전이 없다. 그리고 이런 태도가 습관이 되면 자기 자신을 냉철하게 돌아보지 못한다. 언젠가는 기회가 온다는 확신을 가지고 묵묵히 준비하는 것만이 최선이다. 먼저 성공한 것처럼 보이는 사람들은 먼저 일어나서 걷는 사람일 뿐이다.

L 씨는 방송사의 아나운서로 활약하다 프리랜서가 되었다. 프리랜서가 되면 돈도 더 잘 벌고 자유롭게 일할 수 있을 거라는 부푼 기대를 안고 독립을 결심했다. 하지만 현실은 생각처럼 만만하지 않았다. 아무도 찾아 주지 않았고, 배신자라는 시선 때문에 마음고생이 이만저만이 아니었다.

그렇게 몇 해를 마음고생하면서 지낸 L 씨는 모처럼 예능 버라이어티 프로그램에 출연하게 되었다. 그는 방송에 나와 구구절절 그동안 못했던 이야기를 했다. 프리랜서가 된 뒤 힘들었던 심경, 자신을 냉랭하게 대한 사람 얘기, 사표 쓰라고 꼬셔 놓고 나중에 모른 척했다는 얘기, 서러워서 눈물만 흘렸다는 얘기였다. 나는 방송을 보며 인상을 찌푸렸다. 그 이후로도 그는 방송에 나올 때마다 똑같은 얘기를 했다. 아무리 프리랜서가 되라고 누군가 부추겼어도 결국 결정은 자신이 한 것이다. 그 책임을 질 생각은 하지 않고 남 탓만 하는 그의 모습이 정말 보기 좋지 않았다. 결국 현재 그의 방송 활동 성적은 그다지 좋지 않아 보인다. 다시 활동을 재개하나 싶었는데 이제 점점 더 방송에서 보기 힘들다.

차라리 L 씨가 힘들었을 때 남몰래 어떤 노력을 했는지 얘기했다면 어땠을까? 공백 기간 동안 연습한 새로운 개그나 입담을 시도하는 열정이라도 보였다면 어땠을까? 힘들게 잡은 기회를 살리지 못하고 한탄만 하는 자신의 모습을 정녕 못 보는 것일까? L 씨는 가능성이 많은데, 자신의 장점을 살리지 못하는 것이 정말 안타까웠다. 대중은 결코 실패한 사람을 주목하지 않는다. 실패를 딛고 일어서기 위해 노력하는 사람을 주목한다.

남 탓을 하려거든 차라리 내 탓을 하고
계속 탓만 하려거든 그 시간에 잠이나 실컷 자라.

내 것만 보지 마라

'내 것'은 무엇이고 '내 일'은 무엇일까? 이 질문에 많은 사람들이 고개를 갸우뚱할 것이다. 하지만 이 책을 읽고 나서 꼭 기억해야 할 것이 바로 '내 것과 내 일의 차이'라고 해도 과언이 아니다. 성공과 실패 사이를 잇는 중간선에서 어느 쪽으로 향하느냐를 결정짓는 것이 바로 그 차이를 아는 것이다.

드라마나 영화를 선택할 때 신인 배우와 베테랑 배우 사이에는 확실한 차이점이 있다. 바로 대본을 보는 방법이다. 베테랑 배우나 스타들의 경우, 대본을 볼 때 가장 먼저 대본이 재미있는지 없는지, 그리고 대본의 흐름이 얼마나 짜임새 있는지를 따진다. 그 다음, 자신이 맡을 역할을 검토한다. 하지만 신인 배우들은 이와는 순서가 정반대다. 먼저 역할이 무엇이고 그리고 비중이 어느 정도인지를 따진다. 그 다음에서야 전체 대본의 흐름을 보는 것이다.

여기서 '내 것'과 '내 일'의 차이가 생긴다. 내 것은 나를 중심으로 전체를 보지 않고 좁게 보는 것을 뜻한다. 그리고 내 일은 넓은 시야를 가지고 전체를 파악할 줄 아는 능력을 말한다. 성공하는 스타가 되려면 내 것만 보지 말고 내 일을 볼 줄 아는 자세가 필요하다.

이에 대해 좀 더 설명하자면, 실전에 들어갔을 때 신인과 베테랑 스타의 차이를 보면 된다. 신인 배우는 자기 대사만 새까맣게 밑줄 치며 열심히 외운다. 촬영이 시작되면 열심히 외운 대로 연기는 잘하지만,

감동이나 여운이 없는 빈껍데기처럼 느껴질 때가 많다.

실제로 나와 일했던 신인 여배우 H가 이 같은 경우였다. 그녀는 외모도 산뜻하고 발음도 좋았다. 첫인상이 스타가 될 것 같다는 판단이 들었다. 오디션을 볼 때마다 감독관들 역시 그녀의 첫인상에 후한 점수를 주곤 했다. 하지만 막상 주조연급으로 발탁되어 연기를 하면 별다른 주목을 끌지 못했다. 그녀가 텔레비전에 자주 나왔는데도 기억하는 사람들은 별로 없었다. 기억을 하더라도 그녀의 연기에 대해 시큰둥한 반응을 보였다.

처음에는 이런 상황을 이해할 수 없었다. 그런데 촬영장에서 그녀의 연기를 보고서야 그 이유를 알았다. 애절하게 짝사랑하는 상대를 그리며 우는 장면을 연기하는데, 그녀는 말 그대로 '그냥 울기'만 했다. 누군가를 그리워하는 것 같지도 않고, 가슴 아파하는 것 같지도 않았다. 그냥 눈물을 흘리며 큰 소리로 울기만 했다.

나는 답답해서 왜 그렇게 우냐고 물어봤다. 그러자 그녀는 대본에 큰 소리로 울라고 써 있기 때문에 우는 거라고 대답했다. 대본에 충실했다는 말이다. 그러면 지금 이 여자가 왜 우는 거냐고 물었다. 그러자 그녀는 "슬퍼서 우는 거겠죠"라고 가볍게 대답하는 것이 아닌가.

짝사랑 때문에 슬픔, 아쉬움, 보고 싶은 마음이 한데 뒤섞여 울음이 터져 나와야 하는데, 그녀는 이런 감정을 전혀 이해하지 못했다. 그런 가슴 아픈 이별을 한 경험도 없거니와 배역에 몰입할 생각도 하지 않았다. 대본에 나와 있는 대로 슬퍼서 우는 거라고 단순하게 생각해 버리기 때문에 감동이 전혀 없는 연기를 할 수밖에 없었다.

베테랑 연기자의 경우라면 어땠을까? 이들은 제일 먼저 대본 전체의 흐름 속에서 자신의 역할을 파악하려고 노력한다. 짝사랑을 생각하며 우는 장면이 있다면, 짝사랑과의 첫 만남부터 지금까지 상황을 곱씹어 보며 눈물이 날 때의 감정을 떠올려 본다. 이렇게 함으로써 배우 자신이 아닌 극 중 인물로 서서히 감정이입을 하는 것이다. 이게 바로 베테랑 연기자 내지는 스타 연기자의 태도다.

촬영 용어 중에 풀 샷과 타이트 샷이 있다. 풀 샷은 넓게 전체를 찍는 것이고, 타이트 샷은 한 부분만 자세하게 찍는 것이다. 스타로 성공하고 싶다면 타이트 샷이 아닌 풀 샷의 중요성을 늘 명심해야 한다. 마음이 앞서 좁은 시야로 내 것만 보다 보면 일을 그르치기 쉽다. 하지만 넓은 시야로 일 자체를 볼 줄 안다면, 어떤 일이든 실력을 제대로 발휘할 수 있을 것이다. 또한 웬만한 방해물까지 피할 수 있다는 장점도 있다. 그러니 '내 것' 만 보지 말고 '내 일' 을 보는 사람이 되도록 노력해야 한다.

너무 가까이에서 자기를 보지 마라.
그러다 보면 내가 안 보인다.
멀리서 보는 눈을 가져라!

이것만은 놓치지 말자

○ ○ ○

01_ 환상을 버려라

화려해 보이는 연예계 이면에는 우울증이나 자살 등 어두운 그림자도 존재한다. 연예인들에게는 사생활이 없고, 언제나 바쁘게 일을 해야 한다. 게다가 온갖 고약한 소문에 시달리기도 한다. 또한 방송사나 기획사와의 계약을 둘러싸고 골치 아픈 일이 생기기도 한다. 따라서 스타가 되고 싶다는 환상만으로 험한 연예계에 달려드는 자세는 반드시 버려야 한다.

02_ 길이 아닌 상황에 얽매이지 마라

연예계에 데뷔하기 위해 기획사를 알아볼 때 그리고 기획사와 계약을 맺을 때 꼭 알아두어야 할 것이 있다. 조금이라도 의심이 들거나 불공정하다는 생각이 드는데도 미련을 못 버리는 태도다. 이런 생각이 들면 과감하게 하던 일을 접어야 한다.

올해 초 故 장자연 사건이 세간을 뜨겁게 달궜다. 처음에는 단순히 신인 여배우가 우울증에 시달리다 자살한 사건으로 보였다. 하지만 노예 계약, 폭력과 구타, 성 접대 리스트까지 문제가 일파만파로 번졌다. 신인들 중에는 일부 문제 있는 기획사의 부당한 계약 조건을 감수하는 경우가 더러 있다. 조금만 참으면 성공할 수 있을 것 같기 때문이다. 하지만 장기 계약을 강요하거나 걸핏하면 술자리에 불러내 접대를 강요하고, 투자한다며 출연료를 주지 않으면 당장 회사를 옮겨야 한다. 앞에서도 언급했지만, 요즘 기획사들 중에 이런 부당한 요구를 하는 곳은 찾아보기 힘들다. 건실한 기획사들이 훨씬 많은데, 굳이 이런 문제 있는 상황을 감수해야 할 필요는 없다. 당장은 기회를 놓친 것 같아 불안하겠지만, 오히려 더 좋은 기회를 잡기 위한 선택이라고 생각하자.

03_ '아직은 아마추어'라는 생각은 금물이다

어느 분야를 막론하고 프로가 되면 재능에 값어치가 매겨진다. 프로는 대가를 받은 만큼 일을 하게 되는 것이다. 이것이 아마추어와 프로의 가장 큰 차이점이다. 그래서 아마추어일 때 자신의 능력을 키워야 프로가 됐을 때 그 가치가 더욱 빛날 수 있다. 프로는 자신의 이름과 얼굴을 내걸고 하는 만큼 자신이 하는 일에 책임을 질 수 있는 실력을 쌓아야 한다. 이것이 기본이다. 지금부터 자신을 아마추어라고 생각하지 말고 프로라고 생각해 보자. 이런 책임감 있는 자세로 준비하면 무엇을 하든 더욱 효과가 있을 것이다.

04_ 기회가 오기를 기다리지 마라

외모나 재능이 뛰어나다고 기회가 저절로 찾아올 것이라고 생각하는 것은 대단한 착각이다. 연예계는 어느 분야보다 경쟁이 치열하고 변화가 빠른 곳이다. 스스로 그 세계로 들어가는 틈을 만들지 않으면 아예 기회조차 없을지도 모른다. 자신을 알릴 수 있다면 작은 오디션이라도 놓쳐서는 안 된다. 기회가 오기만을 기다리는 수동적인 자세는 버리자. 능동적으로 대처하는 것이 스타가 되는 지름길 중 하나이다.

이것만은
반드시
하자

내 흠을 들추어내라

18년 전에 내가 처음으로 매니저 일을 시작했을 때 어느 광고 에이전시에서 무보수로 넉 달 정도 일을 한 적이 있다. 이 사무실에는 평소에 구경조차 하기 힘든 미남, 미녀들이 많이 드나들었다. 그들의 멋진 모습을 볼 때마다 나는 눈이 휘둥그레지곤 했다. 하지만 선배인 에이전시 실장의 태도는 나와 정반대였다. 내 눈에는 흠잡을 데 없이 멋진 모델들을 볼 때마다 늘 단점부터 따지고 들었다. 때로는 너무 심하게 지적해서 싸움이 나는 건 아닐까 걱정이 될 만큼 독한 말들도 서슴없이 했다.

그런데 이상하게도 모델들은 실장의 말에 화를 내기는커녕 열심히 귀를 기울였다. 오히려 그의 충고를 들어서 손해 본 적이 없다며 머리 모양은 어떻게 바꿀지, 살은 더 뺄지 찌울지를 의논하기 위해 줄을 서다시피하는 것 아닌가. 이런 모습을 보며 나도 프로가 되기 위해서는 안목을 좀 더 키워야겠다는 생각이 들었다. 비록 외모를 따지는 것이지만, 그 능력의 중요성을 새삼 깨달았다.

그때부터 나는 실장 옆에 앉아서 오고 가는 모델들을 자세히 관찰하기 시작했다. 어떤 모습이 매력적인지, 어떤 점이 단점인지, 고쳐야 할 부분은 무엇인지 꼼꼼히 살펴보았다. 거의 날마다 대부분의 시간을 이렇게 보냈다. 모델을 너무 뚫어지게 쳐다봐서 이상한 사람으로 오해를 받은 적도 한두 번이 아니었다.

어느덧 이제는 내가 신인들을 홍보하는 위치가 되었다. 연예인 지망생들의 장점과 단점을 파악하는 습관이 몸에 배었다. 늘 독설을 내뿜어 나를 조마조마하게 만들었던 예전의 실장처럼 말이다. 연예계 관계자에게 신인에 대해 이야기할 때면 먼저 단점부터 지적한다. "이번에 소개할 신인은 이런 단점이 있다. 그러나 이런 단점을 뛰어넘을 대단한 장점의 소유자이기도 하다. 그 장점이 뭐냐 하면……"으로 말문을 열곤 한다.

이렇게 얘기를 시작하면 훨씬 대화가 잘 풀린다. 좋은 점만 늘어놓을 때보다 더욱 효과가 좋았다. 상대방이 나를 신뢰하게 되어 내가 주는 정보에 귀를 기울이도록 만들었다. 그 결과, 내가 지적했던 단점보다는 그 이상의 가능성을 기대하게 만들 수 있었다.

스타가 되고 싶다면 무엇보다 자기 자신을 잘 파악하는 것이 중요하다. 자신의 내면과 외모를 객관적으로 볼 수 있어야 한다. 전쟁에 나갈 때 칼을 들었는지 방패를 들었는지 아는 것과 같은 이치다. 연예인은 대중에게 호감을 주어야 하는 특수성이 있는 만큼 겉모습을 가꾸는 것부터 시작하는 것이 효율적인 방법일 수 있다.

누군가 당신을 촬영하고 있다고 생각하라

남들이 당신을 어떻게 보는지 알 수 있는 가장 효과적인 방법은 무엇일까? 의외로 아주 간단한 방법 하나를 소개하겠다. 누군가 당신을 촬영하고 있다고 상상해 보면 된다. 아침에 일어나서 씻고 옷 갈아입는 모습, 친구들과 만나서 수다 떠는 모습, 차를 마시며 여유롭게 책을 읽는 모습까지 24시간 내내 촬영한다고 가정해 보자.

이때 당신은 카메라에 비친 자신의 모습에 얼마나 자신 있는가? 아마도 카메라 속 당신은 늘씬한 몸매를 가지고 있지만, 앉은 자세가 구부정해서 볼품없어 보일 수도 있다. 또는 주먹만한 얼굴에 잘생긴 이목구비가 매력적이지만, 피부 트러블이 있어 깨끗하지 못한 인상을 줄 수도 있다. 평소에 당신은 외모가 뛰어나다는 칭찬을 지겹게 듣지만, 24시간 내내 카메라가 당신의 모습을 생생하게 찍는다면 분명히 허점이 드러날 것이다.

자, 이제부터는 늘 카메라가 당신을 지켜본다고 생각해 보자. 그렇게 하면 별 의미 없는 동작을 하거나 대화를 할 때, 심지어 계단을 내려갈 때조차 훨씬 더 신경을 쓰게 된다. 그리고 어느 순간, 자신도 모르는 사이에 한결 좋은 분위기를 연출하는 자신의 모습을 발견하게 될 것이다. 여기서 한 발 더 나아가고 싶다면 굳이 카메라가 있다고 상상만 할 필요는 없다. 되도록 자주 자신의 모습을 촬영해 보는 것도 좋은 방법이다. 꼭 방송인들이 쓰는 전문가용 카메라를 쓰지 않아도 된다. 가지고 있는 디지털 기기를 활용해서 자신의 모습을 자주 촬영하고 관찰해 보자. 미처 몰랐던 자신의 습관부터 외모의 장점과 단점까지 손쉽게 파악할 수 있다.

연예인의 흔한 습관인 '거울 보기'도 이와 같은 맥락에서 이해할 수 있다. 언제나 거울을 갖고 다니며 수시로 모습을 살펴보는 연예인들은 일명 거울 왕자, 거울 공주라고 불린다. 그런데 가만히 생각해 보면 늘 카메라 앞에 서는 직업인 만큼 거울 보기는 당연하고도 꼭 필요한 습관이다. 스타가 되기 위해서는 자신의 장점뿐 아니라 단점까지 잘 파악해야 한다. 매력은 키우고 단점은 보완할 수 있는 초석을 다지는 일을 게을리하지 말자.

늘 누군가 당신을 카메라로 촬영하고 있다고 생각해 보자. 그리고 가능한 자주 카메라 앞에 서보자. 이렇게 훈련하다 보면 당신을 훨씬 매력적인 사람으로 만들 수 있다.

[공주병과 공주의 차이]
나만 인정하면 공주병이고 남이 인정하면 공주병이 아니다.
병에 걸린 사람은 많지만 이 중 진짜 왕족은 흔하지 않다.
당신은 병자이고 싶은가, 왕족이고 싶은가?

★ *All about Star*

늘 누군가 당신을 카메라로 촬영하고 있다고 생각해 보자.
그리고 가능한 자주 카메라 앞에 서보자. 이렇게 훈련 하
다보면 당신을 훨씬 매력적인 사람으로 만들 수 있다.

울렁증을 극복하라

학창 시절 당신은 어떤 학생이었나? 혹시나 선생님이 발표를 시킬까 봐 눈길을 피했는지 아니면 반대로 수업 시간이나 장기 자랑 시간에 앞에 나서기를 좋아했는지 기억해 보자. 정도의 차이는 있지만 누구에게나 '울렁증'이 조금씩 있다. 다만 중요한 것은 많은 사람들 앞에 나서도 떨지 않고 자신의 기량을 펼칠 수 있느냐 하는 점이다.

울렁증은 일종의 공포심이라고 할 수 있다. 흔히 연예인들이 카메라 앞에서 주눅들 때 이런 표현을 쓴다. 유재석은 뛰어난 재치와 입담으로 방송 3사를 넘나들며 활약하는 국민 MC다. 하지만 그도 처음부터 지금같이 능숙한 MC는 아니었다. 바로 울렁증 때문이었다. 1991년 제1회 KBS 대학개그제로 데뷔한 이후, 10년 이상을 카메라 울렁증에 시달렸다고 한다. 연습 때는 잘하다가도 카메라 앞에만 서면 주눅이 드는 바람에 개그는 고사하고 짧은 대사조차 하기 힘들었다. 질문을 받으면 당황해서 말을 더듬곤 했다.

유재석은 울렁증을 극복하기 위해 특단의 조치를 내렸다. 먼저 입담이 좋은 진행자들의 방송을 녹화한 것을 보면서 자신이 대신 질문에 대답하는 연습을 계속했다. 재미있고 재치 있는 대답은 몇 번이고 따라하며 외우기도 했다. 이런 노력을 한 끝에 유재석은 최고의 순발력과 재치 있는 입담을 자랑하는 진행자가 되었다.

최근 드라마 〈내조의 여왕〉으로 인기를 끌고 있는 배우 윤상현 역시

고마워요,
사랑해줘서...

전도연 황정민 : 각본/감독 박진표

영화사 봄 10번째 작품

are my sunshine

이 남자의 진심이 당신을 울립니다

너는 내 운명

www.mysunshine.co.kr

★ *All about Star*

울렁증은 일종의 공포심이라고 할 수 있다. 정도의 차이는
있지만 누구에게나 '울렁증'이 조금씩 있다. 다만 중요한
것은 많은 사람들 앞에 나서도 떨지 않고 자신의 기량을
펼칠 수 있느냐 하는 점이다.

'여배우 울렁증'이 있었다고 한다. 윤상현이 SBS 드라마 〈백만장자와 결혼하기〉에 출연할 때의 일이다. 대본 연습을 할 때는 문제가 없는데, 이상하게도 상대 여배우인 김현주 앞에만 서면 말문이 막혔다. 심장이 콩닥콩닥 뛰면서 눈앞이 캄캄해졌다. 울렁증이 심할 때면 한 장면에서 무려 40~50번씩이나 NG를 냈다. 그러자 화가 머리끝까지 난 감독이 "계속 이런 식으로 하면 다음 회에서 교통사고로 죽일 거야!" 하며 으름장을 놓기도 했다. 결국 진정제까지 먹으며 울렁증을 달래야 했다. 하마터면 울렁증 때문에 힘들게 따낸 배역을 놓칠 뻔했던 것이다.

사실 이런 울렁증은 시간이 흐르면 자연스럽게 사라진다. 많은 경험을 통해 자신감이 쌓이면 저절로 치유되는 병이다. 하지만 명심해야 할 점은 아무도 당신이 울렁증을 극복할 때까지 기다려 주지 않는다는 것이다. 기회는 늘 우연처럼 갑자기 찾아온다. 단 한 번의 좋은 기회를 얻는 것조차 쉽지 않기 때문에 독수리가 먹이를 잡아채듯 찾아온 기회를 자신의 것으로 만들어야 한다. 그렇기 때문에 울렁증은 반드시 극복해야 한다.

그동안 수많은 연예인 지망생들을 지켜보았다. 데뷔에 성공하는 사람들도 있었고 실패한 사람들도 있었다. 사실 특별한 몇몇을 제외하면 대부분의 지망생들은 외모나 실력이 비슷비슷하다. 그런데도 이들이 가는 길은 하늘과 땅처럼 극과 극이었다. 그 중요한 요인 중 하나가 바로 '울렁증'이다.

지망생들은 오랫동안 힘들게 연습해서 오디션을 보러 간다. 자신이 가진 역량을 200퍼센트 이상 발휘해도 성에 안 차는 게 현실이다. 그런데 의외로 자신감 넘치던 지망생들도 감독 앞에만 서면 꿀 먹은 벙어리가 되어 버리곤 한다. 당사자와 지켜보는 매니저 모두 이때 느끼는 좌절감이란 이루 말할 수 없다. 이렇게 놓친 기회는 언제 다시 올지 아무도 장담할 수 없기 때문이다.

스타를 꿈꾼다면 반드시 울렁증을 극복하기 위해 꾸준히 훈련해야 한다. 친한 지인들 앞에서 자신의 꿈에 대해 이야기하는 것을 쑥스러워하지 말아야 한다. 남들 앞에 서는 것도 두려워하지 말아야 한다. 언제 어디서나 자신이 가진 재주를 마음껏 펼칠 수 있어야 한다.

모든 사람들에게는 있지만 스타에게는 없는 것이 바로 울렁증이다.

천 가지 얼굴을 가져라

외국의 잡지나 드라마를 보면서 누구나 한 번쯤 이런 생각을 했을 것이다. '이 사람들은 어쩌면 이리도 다양한 표정을 지을까?' 서양 사람들은 동양 사람들보다 훨씬 다양한 표정을 짓는 걸 느낄 수 있다.

나는 신인들의 프로필이나 잡지 촬영을 할 때마다 이런 '표정' 때문에 곤란한 경험을 한 적이 한두 번이 아니다. 잘생기고 예쁜 외모의 신인들이 촬영만 하면 어색한 포즈와 표정을 지어 사진을 망쳤다. 이런 일이 되풀이되자 급한 대로 나만의 방식을 쓸 수밖에 없었다. 신인들의 촬영이 잡히면 며칠 전부터 외출도 금지하고 외국 잡지만 보게끔 했다. 잡지에 나오는 모델들의 다양한 표정을 보고, 자신의 모습을 거울로 보면서 맹연습을 하게 했다. 이렇게 하면 그나마 사진이 더 잘 나왔다. 사진 촬영을 앞두고 하는 벼락치기가 꽤 도움이 된 것이다.

그런데 나와 함께 일한 신인들 중에 외국 잡지의 모델처럼 유독 다채로운 표정을 가지고 있어 뇌리에 강하게 남은 사람이 있다. 바로 가수 박지윤이다. 박지윤은 1997년 중학교 3학년이었을 때 데뷔했다. 박지윤과 계약을 맺고 제일 먼저 한 일이 바로 프로필 사진을 찍는 것이었다. 프로필 사진을 찍던 날, 현장에서 박지윤을 지켜본 나는 깜짝 놀랐다. 중 3이라고는 믿기지 않을 만큼 성숙하고 섹시한 표정을 지었기 때문이다. 그녀의 섹시함에 모두 매료될 것 같았다. 그러다가도 귀엽고 깜찍한 표정을 지어 보였다. 또 어떤 순간에는 슬픔에 찬 표정을 지으며 촬영 현장을 이끌어 갔다. 수많은 모델들과 연기자들을 보았지만, 지금까지도 박지윤만큼 다양한 표정과 포즈를 가진 연예인은 본 적이 없다.

돌이켜 보면 박지윤은 정말 '자신감'이 넘쳤다. 워낙 매력적인 외모이기도 했지만, 누구보다도 자신의 장점을 잘 알고 있었다. 그러다 보니 다른 신인들처럼 카메라 앞에서 기죽지 않고 자신을 마음껏 표현할

★ *All about Star*

자신감을 가지고 자신의 매력을 마음껏 발산할 수 있도록
다양한 감정을 표현하는 연습을 하는 것이 무엇보다 중요
하다. 내 얼굴에 숨어 있는 천 가지 표정을 찾아내자.

수 있었던 것이다.

요즘 연예인 지망생들의 표정은 예전에 비해 많이 다양해졌다. 문화도 더 개방적으로 바뀌었고, 평소에도 '셀카'를 많이 찍어 카메라 앞에서도 자신감이 넘친다. 하지만 아직도 많은 훈련이 필요하다. 자신감을 가지고 자신의 매력을 마음껏 발산할 수 있도록 다양한 감정을 표현하는 연습을 하는 것이 무엇보다 중요하다. 내 얼굴에 숨어 있는 천 가지 표정을 찾아내자.

내 안의 천 가지 얼굴을 찾아내라!
대중은 희로애락을 잘 표현하는 스타를 좋아한다.

기분 좋은 사람이 되라

나는 늘 신인을 찾아 헤맨다. 하지만 솔직히 말해서 신인과 일하는 것이 편한 것은 아니다. 오히려 어느 정도 입지를 굳힌 연예인들과 일하면 앞일을 내다보고 계획을 세울 수 있기 때문에 훨씬 편하다. 하지만 나는 한치 앞도 알 수 없는 신인들과 바닥부터 시작하는 게 더 좋다. 그 이유는 신인들이 주는 에너지 때문이다. 목표를 향해 거침없이 나아가는 신인들의 열정을 지켜보는 것이 좋다.

내가 찾는 신인의 첫째 조건은 바로 '느낌'이다. 신인을 처음 볼 때 주변을 밝게 만드는 사람인지 아닌지를 먼저 살펴본다. 만인에게 사랑받는 스타들의 경우, 그 존재만으로도 주변을 기분 좋게 만드는 능력이 있다. 다른 사람들을 기분 좋게 만드는 힘이 있으면 스타가 될 가능성이 엿보인다.

물론 그렇다고 해서 음울하거나 시니컬해 보이는 사람은 연예 활동을 할 수 없다는 뜻은 아니다. 자신만의 강한 개성을 내세워 활약하는 연예인도 많다. 하지만 이런 사람은 대개 자기만의 특별한 영역에서 활동하고, 그 영역 역시 굉장히 협소한 편이다. 톱스타가 되기에는 힘든 조건이라고 볼 수 있다.

그렇다면 다른 사람들에게 기분 좋은 느낌을 주는 사람이 되기 위해서는 어떻게 해야 할까? 어렵게 생각할 것 없다. 기분 좋은 사람이 되기 위해서는 먼저 인사를 잘하면 된다. "안녕 하세요", "안녕히 계세요",

"고맙습니다", "미안합니다" 는 누구나 쉽게 쓸 수 있는 인사말이다. 예의바르게 인사하는 것만으로도 상대방에게 좋은 인상을 줄 수 있다.

쉽고도 효과적인 또 한 가지 방법이 있다. 바로 활짝 웃는 것이다. 자신 있게 활짝 웃는 모습은 주변을 밝게 만든다. 이 밖에도 기분 좋은 사람이 되기 위한 방법은 많다. 늘 겸손하고 상대방의 기분을 배려하는 자세를 갖도록 노력하자. 이 정도만 명심하고 있어도 지금보다 훨씬 기분 좋은 사람이 될 수 있다.

이렇게 기분 좋은 사람이 되면 스타가 될 수 있는 기회가 찾아올 것이다. 방송, 영화, 음악도 모두 사람이 하는 일이다. 수많은 신인들 중에 당신을 기억하게 만드는 좋은 무기는 바로 '기분 좋은 사람' 이 되는 것이다. 당신을 기분 좋은 사람이라고 기억하는 사람들이 많아질수록 기회도 그만큼 많아지는 것은 너무도 당연하다.

기분 좋은 사람이 되자!
먼저 다가가고, 먼저 웃고, 먼저 고개를 숙여라.

★ All about Star

당신을 기억하게 만드는 좋은 무기는 바로 '기분 좋은 사
람'이 되는 것이다. 당신을 기분 좋은 사람이라고 기억하
는 사람들이 많아질수록 기회도 그만큼 많아지는 것은 너
무도 당연하다.

몸짱에 도전하라

요즘 신세대들에게 몸짱은 더 이상 연예인들의 전유물이 아니다. 일반 인들도 몸짱이 되는 과정을 동영상으로 찍어 인터넷에 올려 유명해지 기도 한다. 하물며 외모가 거의 절대적 기준인 연예계는 두말 할 나위 도 없다. 신세대 연예인 중에 '王'자로 된 복근 없는 남자, S라인 아닌 여자를 찾기가 더 힘들 정도다.

연예계에는 배우뿐 아니라 가수, 개그맨, MC 등 다양한 분야가 있 다. 그렇기 때문에 몸짱이 꼭 성공의 전제 조건은 아니라고 생각할 수 도 있다. 맞는 말이다. 꼭 몸매가 좋아야 스타가 되는 건 아니니까 말이 다. 하지만 분명한 것은 몸짱이 되어서 나쁠 게 없다는 점이다.

연예계에서 몸짱이 대접받는 이유는 두 가지다. 첫째, 건강하고 멋진 몸매를 가진 사람은 그렇지 않은 사람보다 훨씬 더 많은 주목을 받을 수 있다. 그만큼 연예 활동을 하는 데 유리한 조건을 갖춘 것이다. 차인 표, 차승원, 송승헌, 권상우 등은 데뷔 때부터 몸짱으로 인기를 얻은 경 우다. S라인의 대명사 현영, 큰 가슴과 늘씬한 다리를 가진 한채영, 세 월을 거꾸로 사는 명품 몸매 황신혜 등 몸매로 화제가 된 여성 스타 역 시 너무도 많다. 최근에는 다이어트 비디오를 출시한 김준희나 화보를 낸 한성주가 멋진 몸매로 화제가 되기도 했다. 특히 김준희나 한성주는 꾸준히 방송을 해왔지만, 몸매를 이용해 재도약을 노리고 있다는 점이 특징이다. 그만큼 '몸짱'의 위력이 대단하다는 걸 알기 때문에 전략적

오직 남들에게 보이기 위해서 몸짱이 되라는 것은 아니다.
몸짱이 되어 내 안의 가능성을 과시해 보자.

으로 몸매를 가꾼 것이다. 이처럼 우리는 몸매 그 자체로도 화제가 되는 세상에 살고 있다.

두 번째 이유는 몸짱에 도전해 성공하는 과정은 한 편의 감동적인 드라마와도 같기 때문이다. 몸짱에 도전해 성공한 스타는 대중에게 전보다 훨씬 더 많은 사랑을 받는다. 살을 빼고 근육을 만드는 것이 말처럼 쉽다면 그 많은 다이어트 상품이 왜 쏟아져 나오겠는가. 눈물 나도록 괴로운 자기 자신과의 싸움에서 이겨야만 몸짱이 될 수 있다는 걸 대중도 잘 알고 있다. 그렇기 때문에 대중은 도전하는 연예인의 끈기와 노력에 감동하는 것이다. 그리고 이것은 곧 그 사람에 대한 호감으로 연결된다.

개그맨 노통장 김상태가 10킬로그램을 빼고 몸짱으로 변신해 화제다. 그는 돈 들이지 않고도 몸짱이 될 수 있다는 걸 직접 입증하고 싶었다고 한다. 〈개그 콘서트〉의 '헬스 보이' 코너에서는 개그맨들이 매주 변해 가는 몸매를 개그의 소재로 사용해 인기를 얻기도 했다. 그 이전에도 박철, 옥주현, 윤은혜, 배용준 등 눈물 나는 몸짱 프로젝트에 성공해 화제가 된 스타는 많다. 이들이 몸짱이 되기 전과 후의 인기는 확연히 달라졌다. 몸매가 좋아진 것 자체로도 화제가 됐지만, 한 편의 드라마와도 같은 이들의 도전이 더 큰 감동을 주었다.

이것만은 놓치지 말자

○○○

01_ 자신을 알아야 한다

가장 중요한 것은 스스로 어떤 분야에 재능이 있는지, 어떤 일을 하고 싶은지 파악해야 한다. 막연히 스타가 되고 싶다는 생각만으로는 정상의 자리에 오르지 못한다. 또한 목표를 세워 놓고 체계적으로 준비하는 사람들 틈에서 실패할 것은 너무나 자명하다. 나를 알고 상대를 알면 백전백승이라고 한다. 이 진리는 연예계에서도 통용된다는 사실을 명심하라.

02_ 자신 있게 홍보하라

겸손이 미덕인 시대는 갔다. 요즘 세대들은 자신을 알리는 데 거리낌이 없다. 자신의 장점과 재능을 보여 주기 위해 각종 오디션에 응모하는 것은 물론, 기회만 된다면 다양한 무대에 올라 자신의 '끼'를 거침없이 알려야 한다. 스스로 당당해야만 자신의 에너지를 다른 사람들이 느낄 수 있다.

03_ 미래를 위해 투자하라

스타가 되려면 자신에게 아낌없이 투자를 해야 한다. 가수가 되기 위해서 노래 연습을 하는 것은 기본이고, 춤 실력을 쌓고 외국어를 배워 두는 것은 더 나은 미래를 위해 필요한 투자다. 특히 장르를 넘나드는 멀티 엔터테이너가 활약하는 요즘, 다음 기회는 언제 어떻게 찾아올지 모른다.

스타 그리고 추억
〈강현수〉

◎ 추억이 되어 버린 나의 실패담

나는 단 한 번도 나와 일하는 신인의 성공을 의심해 본 적이 없다. 그만큼 나와 함께 하는 신인은 성공할 거라고 믿고 늘 최선을 다해 왔다. 신인과 매니저가 이런 믿음을 가지고 시작해야 함께 힘든 일을 극복하며 스타로 성장할 수 있다는 생각에서다. 그런데 가끔 이런 믿음이 지나치면 객관성을 잃고 일을 그르치기 쉽다. 넓은 시야를 가지고 신인을 도와야 할 매니저가 오히려 맹목적으로 눈앞에 보이는 것만 좇는 경우가 생기는 것이다. 나 역시 이런 경험을 해봤다.

지금으로부터 10년 전의 일이다. 당시 나는 박지윤의 가수 데뷔를 성공적으로 마친 상태였다. 그래서 충만한 자신감으로 또 다른 신인 가수를 찾기 시작했다. 그러던 중 187센티미터의 훤칠한 키에 시원한 외모를 가진 이상진이란 가수 지망생을 만났다. 언더그라운드에서 웬만큼 노래를 불렀다는 그는 노래 실력도 꽤 수준급이었다.

나는 오래 고민할 것 없이 곧바로 계약을 맺고 그와 함께 앨범 작업을 시작했다. 최고의 작곡자들만 선별해서 녹음하는 등 아낌없이 투자했다. 이름도 자칫 일반인 같은 느낌을 줄 수 있는 '이상진'에서 좀 더 강한 느낌의 '강현수'로 바꿨다. 홍보를 하기 위해 당시 시청률이 30퍼센트에 가까운 예능 프로그램에도 출연하기도 했다. 한창 번지점프가 유행할 때였는데, 여기서 그는 스타 유망주 콘셉트로 방송에 출연했다. 예능 프로그램에 나가자 다음 날 바로 반응이 오기 시작했다. 아직 가수 활동도 하기 전이었는데 앨범 주문이 하루 만에 5천 장이 넘게 들어온 것이다. 일은 순조롭게 풀리는 듯했고, 나는 속으로 또 한 번 대박이 날 것이라 예감했다.

　대박의 꿈에 들떠 있던 나에게 연예제작자협회에서 전화가 왔다. 협회에서는 내게 청천벽력 같은 말을 꺼냈다. 강현수가 이중 계약이 되어 있기 때문에 방송 활동을 중지해야 한다는 것이다. 처음에는 이게 무슨 말도 안 되는 소리냐며 믿지 않았다. 하지만 전후 사정을 알아보니, 강현수가 다른 제작사와의 계약이 아직 만료되지 않은 상태가 맞았다. 당시 나는 강현수의 앨범에 2억이 넘는 돈을 투자했다. 여기서 강현수를 포기하면 피해가 이만저만이 아닌 상황이었다. 게다가 예능 출연 하루 만에 앨범을 5천 장이나 주문받은 상황이라 이대로 포기하면 안 될 것 같다는 생각이 컸다.

　이때부터 나는 강현수의 방송 정지를 풀기 위해 사방으로 뛰어다녔다. 협회를 찾아가서 매달려 보고, 매니저 선후배들을 만나 해결 방법을 찾아봤다. 하지만 엉킨 매듭은 쉽게 풀리지 않았다. 결국 1억이라는 거액을 위약금으로 배상하고서야 방송 정지를 풀 수 있었다. 2억을 투자해서 만든 앨범을 살리기 위해 1억을 더 쓴 셈이다. 그런데 어렵게 방송 정지를 풀고 나니, 마땅히 노래 부를 기회를 잡기가 힘들었다. 그도 그럴 것이 이때는 이미 방송 정지를 풀기 위해 6주를 그냥 허비한 후였다. 방송을 막 시작한 신인이 6주를 방송 정지로 꼼짝도 못했으니, 홍보해야 할 중요한 타이밍을 놓쳐 버린 것이다.

그래도 이대로 포기할 수는 없었다. 어떻게 해서든 강현수를 다시 예능 프로그램에 출연시켜 얼굴을 알리기 위해 동분서주했다. 그리고 얼마 지나지 않아 한 버라이어티 프로그램에 고정 출연을 하면서 다시 대중들에게 강현수를 알리기 시작했다. 강현수가 버라이어티 프로그램에서 두각을 나타내자 '이제 드디어 빛을 보는구나'라는 생각이 들었다. 하지만 상황은 나의 바람과는 정반대로 흘러갔다.

강현수는 알려지기 시작했는데 앨범 판매는 신통치 않았다. 대중들에게 강현수의 이미지가 가수가 아닌 방송인으로 너무 깊이 박혀 버린 것이다. 결국 앨범에 투자한 2억과 위약금 1억을 모두 잃었다. 심지어 첫날 주문 들어왔던 5천 장의 앨범까지 상당량 반품이 되었다. 한 마디로 나는 빚을 지고 주저앉은 처지가 되어 버렸다.

나는 좌절했다. 그러나 그리 오래 지나지 않아 다시 마음을 추스렸다. 지금 생각해 보면 어디서 그런 맹목적인 믿음이 나왔는지 알 수 없다. 무작정 다시 용기를 내어 강현수의 2집 준비에 돌입했다. 그렇게 해서 망한 1집 때문에 진 빚을 갚아야 했다. 그리고 이보다 더 더 중요했던 것은 아직 가능성이 있는 젊은 강현수를 이대로 둘 수 없었다는 점이다. 그를 하루 빨리 스타로 만들겠다는 사명감에 두 주먹을 불끈 쥐었다. 그런데 막상 2집 앨범 작업에 들어가려고 하니 고민이 되었다. 강현수를 홍보하기 위해 더 이상 쇼 프로그램에서 게임을 하거나 말장난을 하는 게 도움이 안 된다는 사실을 깨달았기 때문이다. 그래서 많은 사람들에게 그를 알릴 수 있는 좀 더 신선한 방법을 찾았다. 강현수가 가수라는 점까지 자연스럽게 보여 줄 수 있으면 금상첨화였다. 그러던 중 〈일요일 일요일 밤에〉라는 프로그램에서 신인 두 명을 찾는다는 소문을 들었다. 코너 제목은 '국토 대장정'. 제주도에서 서울까지 걸어오며 세상을 배운다는 콘셉트였다. 요즘 유행하는 리얼버라이어티 형식의 원조 격이라고 할 수 있다.

주말 황금 시간대에 신인 두 명만 출연하다니! 게다가 힘든 국토대장정 과정을 통해 인간미를 보여 줄 수도 있다. 긴 시간을 걸으며 음악 얘기도 자연스럽게 할 수 있으니 가수 강현수를 좀 더 알릴 수 있는 기회이기도 했다. 내가 원하던 조건에 딱 들어맞았다. 많은 신인들이 이 코너에 출연하고 싶어 했다. 하지만 다행히도 수많은 경쟁을 뚫고 강현수와 이혁재가 주인공으로 낙점되었다.

우리는 곧장 제주도로 날아갔다. 그리고는 정말로 계속해서 걷기 시작했다. 처음 프로그램을 시작할 무렵, 강현수는 팔굽혀펴기 하나도 제대로 못할 만큼 체력이 약했다. 그런 그에게 걸어서 제주도에서 서울까지 올라오는 일은 정말 힘든 일이었을 것이다. 국토대장정을 장장 넉 달 가까이나 계속했다.

한번은 촬영 도중 이런 일이 있었다. 계속해서 걸은 지 한 달이 지났을 무렵 이혁재가 내게 와서 조심스레 말을 건넸다. "사장님, 현수가 이상해요." 나는 대체 무슨 일이냐고 물었다. 그랬더니 이혁재가 말하기를, 강현수가 요즘 죽고 싶다고 해서 걱정이라는 게 아닌가. 전라도에서 산에 올라갔을 때 강현수가 이혁재에게 이런 말을 했다고 한다. "형, 나 여기에서 죽으면 우리 사장님 빚 갚을 수 있겠지? 내가 죽으면 앨범이 잘 나가서 말이야!" 그 말을 듣자 마음이 울컥했다. 오죽 힘들었으면 강현수가 그런 말을 했을까 싶었다. 나는 강현수에게 다가가 웃으며 이렇게 말했다. "죽고 싶으면 2집 녹음이나 하고 죽어!"

정말 강현수는 죽기 살기로 덤벼 고생고생하며 촬영을 이어 갔다. 하지만 결과부터 말하자면, 방송에 대한 반응은 그리 좋지 않았다. 그나마 불행 중 행운이었던 것은 방송을 본 한 회사가 앨범에 투자를 하겠다고 나선 것이다. 투자 회사는 게임 회사였는데, 게임 내용에 맞춰 전사의 이미지로 2집 앨범을 냈다.

그러던 중 정말로 좋은 홍보의 기회가 찾아왔다. 〈일요일 일요일 밤에〉의 간판 코너인 '게릴라 콘서트'에 출연할 수 있게 된 것이다. 출연만 하면 하루아침에 스타가 된다고 할 정도로 인기가 대단했던 코너였다. 조성모, 핑클, HOT, GOD 등 당대 최고의 인기 가수들이 출연해서 큰 화제가 되었다. 그런데 강현수가 다섯 번째로 출연하게 되어 꿈인지 생시인지 분간이 가지 않을 만큼 기뻤다.

게릴라 콘서트의 내용은 이랬다. 어느 날 갑자기 한 지역에 찾아가서 무대를 만들고 여기서 콘서트를 한다. 단, 콘서트를 한다고 홍보할 수 있는 시간은 딱 하루였다. 그 안에 목표 관객 수를 채우면 공연을 할 수 있지만, 관객 수가 모자라면 공연을 할 수 없는 조건이었다.

강현수에게 할당된 목표 관객 수는 5천 명. 그런데 관객을 2천명도 못 채울 경우 은퇴하겠다고 얘기하는 바람에 정말로 심각한 상황이 되어 버렸다. 방송에 출연하는 게 아니라 가수로서 사활을 건 수준에 가까웠다. 그래서 강현수는 물론이고 매니저인 나도 24시간 내내 미친 듯이 뛰어다니며 홍보했다. 1분도 쉬지 않고 홍보했지만 강현수와 나는 불안한 마음을 감출 수 없어 발을 동동 굴렀다.

공연을 한 시간 남긴 시점에 우리는 떨리는 마음으로 현장을 찾았다. 그런데 이게 웬일인가? 관객이 몇백 명이라도 있어야 할 상황에 고작 수십 명의 사람들밖에 보이지 않았다. 정말이지 이때의 절망적인 심정은 말로 다 표현할 수 없을 정도였다. 공연을 하기는커녕 1집처럼 가수 활동도 못해 보고 끝나는구나 싶었다. 이렇게 가슴을 졸이고 있는데 고맙게도 공연을 시작하기 30분 전부터 사람들이 조금씩 모이기 시작했다. 나중에는 거의 1분에 1백 명 꼴로 많은 사람들이 왔다.

강현수와 나는 절로 눈물이 났다. 카메라가 찍고 있는데도 체면이고 뭐고 차릴 것도 없이 계속 눈물을 흘렸다. 방송 정지를 풀기 위해 뛰어다녔던 1집. 두 발이 부르트도록 제주도에서 서울까지 걷고 또 걸었던 일, 게릴라 콘서트를 위해 미친 듯이 홍보하러 다녔던 지난 하루까지! 이 모든 게 영화 속 장면들처럼 머릿속을 스쳐갔다. 매니저인 내가 방송에 이렇게 오랜 시간 출연하기는, 게다가 울면서 출연하기는 이때가 처음이자 마지막이었다. 최종 관객 수를 집계하는 순간. 그런데 안타깝게도 5천 명이라는 관객 수를 채우지 못해 공연은 할 수 없었다. 하지만 고맙게도 공연장까지 와준 관객들 덕분에 은퇴는 안 해도 되었다. 우리는 그 사실 하나만으로도 감사할 따름이었다. 강현수는 무대에서 눈물을 흘리며 감사의 인사를 하고 내려왔다.

 게릴라 콘서트는 실패했다. 하지만 이 방송을 본 시청자들의 반응은 무척 뜨거웠다. 순식간에 인터넷 게시판에 몇십만 건의 격려 댓글이 달렸다. "앨범이 나오면 꼭 사서 듣겠다", "앞으로 지켜 보겠다" 등 응원이 수두룩했다. 강현수와 나는 좋아서 부둥켜안고 뛰었다.

 그런데 이렇게 상황이 해피엔딩으로 끝났다면 얼마나 좋았을까…… 하지만 현실은 그렇지 않았다. 방송이 나간 그날 새벽부터 다음 날까지 몇 년에 한 번 있을까 말까 한 대형 사건들이 연예계에 연달아 터졌다. 새벽 1시 경에는 개그맨 출신의 인기 진행자가 성폭행을 했다는 기사가 터졌다. 이후에 그는 법정 분쟁 끝에 무죄판결을 받고 억울함을 벗었으나, 사건이 터진 시점에만 해도 이 소식은 충격 그 자체였다. 그리고 이 사건이 터진 지 채 6시간도 되지 않아 또 하나의 사건이 터졌다. 당시 최고의 인기를 누리던 아이돌 그룹의 멤버가 음주운전을 한 것이다. 두 사건 모두 워낙 인기 있는 스타들이 얽힌 큰 사건이라

언론은 기사를 경쟁적으로 쏟아 내느라 정신이 없었다. 그리고 다음 날 또 하나의 대형 사건이 터졌다. 당시 인기 탤런트의 섹스 비디오가 인터넷에 유출된 것이다. 이 사건으로 연예계는 물론 사회 전반이 한동안 크게 들썩거렸다.

이렇게 연달아 큰 사건들이 터지자 인터넷이며 신문은 온통 이들의 얘기로 도배되었다. 방송 당시 화제가 되었던 강현수의 얘기는 바로 하루가 지난 다음 날, 어디에서도 찾아볼 수 없게 되어 버렸다. 게릴라 콘서트를 디딤돌 삼아 인기 몰이를 해나가야 할 시점에 대중도 언론도 모두 관심이 다른 쪽에 쏠려 버렸다. 하루 이틀도 아닌 한두 달 이상씩이나 이 사건들로 대한민국이 시끄러웠다.

이후 강현수는 나와 헤어지고 새롭게 충전해 브이원(V.ONE)으로 가수 활동을 했다. 하지만 강현수와의 기억은 앞만 보고 전력질주하며 달리다 구르고 눈물을 흘렸던 것뿐이었다. 운도 워낙 없었지만, 나의 자만심과 신인에 대한 맹목적인 믿음이 시야를 좁게 만들었던 것 같다. '조금만 더 하면 대박이다'라는 생각에 사로잡혀 현실을 바로 보지 못했고, 또 팬들이 무엇을 원하는지조차 따져 보지 않고 무조건 달려들었다. 이중 계약에 휘말리고 예능 프로그램을 전전하면서도 잠시 멈춰 서서 현실을 직시할 시도조차 안 했다.

지금까지도 강현수와 함께 겪었던 쓰라린 아픔은 내 매니저 생활에 큰 교훈으로 남았다. 연예인과 매니저 간의 신뢰도 좋고 열정도 좋지만, 늘 상황을 냉철하고 넓게 보려는 자세가 필요하다는 교훈을 얻었다.

★  *All about Star*

스타가 되려면 자신에게 아낌없이 투자를 해야 한다. 가수
가 되기 위해서 노래 연습을 하는 것은 기본이고, 춤 실력
을 쌓고 외국어를 배워 두는 것은 더 나은 미래를 위해 필
요한 투자다. 특히 장르를 넘나드는 멀티 엔터테이너가 활
약하는 요즘, 다음 기회는 언제 어떻게 찾아올지 모른다.

Star★

Part 5

이제는 하늘의
별을 따자

알아 두면
약이 되는
스타 상식

대중은 평범한 얼굴을 좋아한다

스타를 꿈꾸는 사람에게 '평범하다'는 말만큼 듣기 싫은 말이 또 있을까? 과장되게 표현하자면, 죽기보다도 더 듣기 싫은 말일 것이다. 하지만 '튀는' 사람들 천지인 연예계에서는 '평범함'이란 말에 한 번쯤 주목할 필요가 있다.

나는 신인을 찾을 때 평범한 외모를 가진 사람을 찾는다. 톱스타를 발굴하고 싶어 하는 매니저들을 보면, 의외로 나처럼 평범한 얼굴을 찾는 경우가 많다. 장담하건데, 눈, 코, 입이 평범하면서도 조화로운 사람은 정말 찾기 힘들다. 한 번 상상해 보자. '눈 크기가 적당하고 콧날도 보기 좋게 섰고, 피부는 너무 희지도 검지도 않지만 잡티 없이 매끈하고, 이마는 단정하고, 웃을 때 잇몸은 적당히 가려지는 얼굴'을 쉽게 찾을 수 있겠는가? 아마도 성형해서 눈도 크고 코도 오똑한 '확실히 튀는 얼굴'을 찾는 게 훨씬 쉬울 것이다.

평범한 외모를 가진 사람은 볼수록 자연스러운 매력을 느낄 수 있다. 그리고 대중은 자연스러운 모습에서 편안함과 친근한 느낌을 받는다. 이런 이미지를 가진 사람들이야말로 톱스타가 될 가능성이 높다. 오래 봐도 질리지 않고 친근하기 때문이다. 만만치 않은 세상살이에 지치고 외로운 대중은 이런 친근한 이미지의 스타를 오래된 친구처럼 보고 싶어 한다.

나는 1997년에 광고 모델인 중학생 박지윤을 가수로 데뷔시켰다. 박지윤이 가요 순위 프로그램에 출연하는 날은 마침 그 프로그램의 새 여자 MC가 처음으로 진행을 하는 날이기도 했다. 그 여자 MC가 바로 배우 전지현이었다. 당시 가요 순위 프로그램의 진행은 연예계에서 주목받는 신인들 차지였다. 연기자, 가수, 광고 모델 등 분야를 막론하고 신인이라면 누구나 한 번쯤 진행자가 되고 싶어 할 정도였다. 나는 전지현을 아주 자세히 관찰했다. 전지현은 늘씬하고 예뻤지만 어디 한 군데 강렬하게 인상에 남는 구석은 없어 보였다. 말 그대로 지극히 평범한 인상이었다. 나는 전지현의 매니저에게 "저 신인은 너무 평범해서 절대 못 떠!"라고 말했다.

하지만 내 예상은 완전히 빗나갔다. 전지현은 초고속으로 톱스타 대열에 올라섰다. 1999년도 한 잉크젯 프린터 광고에서 전지현은 현란한 테크노 댄스 실력을 유감없이 발휘하며 단숨에 CF 샛별로 떠올랐다. 뒤이어 2001년 영화 〈엽기적인 그녀〉에서는 청순하면서도 당찬 모습으로 많은 사랑을 받으며 인기의 정점에 올랐다. 이후 아직까지도 광고 업계의 러브콜 1순위를 지키고 있다. 데뷔 이후 10여 년 가까운 세월이 흘렀지만 대중은 전지현을 식상해하지 않는다. 출연한 작품이 흥하든 망하든 간에 그녀의 인기만큼은 늘 변함없어 보인다. 평범한 듯 자연스러운 이미지를 가진 전지현은 때로는 섹시하게 또 때로는 귀엽고 사랑스럽게 변신하며 여전히 팔색조의 매력을 과시하고 있다.

물론 연예계의 모든 톱스타가 전지현과 같은 조건을 갖추었다는 것

★ *All about Star*

하지만 오래도록 많은 사랑을 받는 톱스타 중에는 의외로
평범한 매력을 가진 사람이 많다는 사실을 기억하자. 유지
태, 하정우, 고현정, 정려원 등 그런 예는 수두룩하다. 가수
비나 피겨 요정 김연아 같은 스타도 평범한 듯 자연스러
운 외모를 가졌다.

은 아니다. 정우성이나 김희선처럼 완벽해 보이는 외모를 가진 스타도 있다. 또 서울대 출신 김태희처럼 지성과 미모를 겸비한 특출 난 스타도 있다. 하지만 오래도록 많은 사랑을 받는 톱스타 중에는 의외로 평범한 매력을 가진 사람이 많다는 사실을 기억하자. 유지태, 하정우, 고현정, 정려원 등 그런 예는 수두룩하다. 가수 비나 피겨 요정 김연아 같은 스타들도 평범한 듯 자연스러운 외모를 가졌다. 그리고 보면 나와 함께 일했던 심은하와 최지우, 이하나도 이런 경우다. 그러므로 당신의 평범함 속에서 새로운 가능성이 있는지 잘 찾아보자.

시대와 트랜드에 상관없이 꾸준한 사랑을 받는 스타상이 있다.
바로 솔직한과 자연스러운 아름다움을 가진 스타다.

★ *All about Star*

일찍 다가가려고 하지 마라!
때를 기다려 다가갈 준비를 하면 된다.

아역은 아역일 뿐이다

매니저로 일을 하다 보면 자녀를 연예인으로 만들고 싶어 하는 부모들을 자주 만난다. 하지만 이에 대해 내 생각을 묻는다면, 솔직히 반대하는 편이다. 나 역시 내 아이가 연예인이 되었으면 하는 마음이 있다. 하지만 아이가 더 자라 스스로 성인 연기자에 도전할 수 있을 때까지 기다리고 있는 상황이다.

아이들이 어릴 때 잠깐 동안 추억 삼아 활동해 보는 것은 괜찮다고 생각한다. 숫기 없는 내 아이에게 자신감을 길러 주거나 특별한 추억을 만들어 주기 위해 연예 활동을 시켜 보는 것도 나쁘지 않을 것이다. 하지만 요즘 부모들이 어디 이 정도에 만족할 수 있을까. 아이들도 부모들도 하나같이 '죽기 살기'로 연예계에 덤벼드는 게 현실이다. 아이들을 위한 뮤지컬 학원과 에이전시가 성행하고 있는 것만 봐도 잘 알 수 있다.

물론 국민 배우 안성기나 문근영, 김민정처럼 아역 연기자로 활동하다 무난히 성인 연기자가 된 사례도 있다. 하지만 대부분의 경우 성인이 되어서도 아역 연기자라는 이미지를 극복하지 못한다. 그렇기 때문에 어린아이들의 활동에 대해서는 좀 더 신중하게 생각해야 한다.

내가 어릴 때 연예 활동을 하는 것을 반대하는 이유는 크게 두 가지다. 첫째, 한창 성장할 나이에 제대로 성장하지 못한다는 것이다. 그리고 둘째로 방송 일을 하기 위한 '풍부한 감성'을 키우기 힘들기 때문이다. 첫째 이유의 경우, 단적인 예로 '키 성장'을 들 수 있다. 키는 선천적인 요인도 작용하지만, 후천적인 노력도 많은 영향을 끼친다고 한다. 1950~1960년대 대한민국 성인의 표준 키와 2000년대 표준 키의 차이가 무려 5센티미터 이상 된다고 한다. 그만큼 후천적인 요소인 환경이 중요하다는 걸 알 수 있다.

키가 크기 위해서는 식습관과 운동은 물론 잠자는 습관까지도 중요하다. 그런데 아역으로 활동하다 보면, 제때 밥 먹는 것조차 쉽지가 않다. 영양을 골고루 섭취하는 것 역시 마찬가지다. 또한 밤늦도록 일하는 것이 일상이고 낮과 밤이 바뀌는 경우도 종종 생기곤 한다. 아무리 영양제와 도시락을 들고 따라 다닌다 해도 한계가 있다.

야무진 이미지의 방송인 이연경이 방송에 출연해 자녀들의 키에 대한 고민을 털어놓는 걸 본 적이 있다. 이연경의 아버지 키는 175센티미터, 어머니 역시 보통 키라고 한다. 남동생은 175센티미터, 여동생은 170센티미터 이상으로 큰 편이다. 이렇듯 이연경의 가족 중에는 키가 작은 사람이 없다고 한다. 이연경 역시 초등학교 때까지만 해도 또래보다 키가 큰 편이었다. 그런데 중학교 때부터 키가 잘 자라지 않았다고 한다. 이연경은 160센티미터가 안 되는데 자녀들도 키가 크지 않을까 봐 걱정하고 있었다.

전문가는 이연경이 키가 자라지 않은 이유를 다음과 같은 배경 때문이라고 분석했다. 이연경은 어린 시절부터 합창단과 아역으로 활발히 방송 활동을 했다. 그러다 보니 굶거나 폭식하기 일쑤였고, 자연히 편식을 많이 했다. 또한 늘 잠을 제때 못 자 피로했다고 한다. 한창 성장할 나이에 이런 생활을 오래 지속했다. 그녀의 방송 환경은 한 마디로 키 성장을 방해하는 전형적인 조건을 다 갖추었다고 할 수 있다.

날이 갈수록 키뿐 아니라 외모에 대한 사람들의 관심은 높아지고 있다. 하물며 외모가 중요한 연예계에서 이런 관심은 더하면 더했지 덜하지는 않다. 충분한 성장은 훗날 스타가 되기 위한 전제 조건이나 다름없다. 키뿐 아니라 건강과 관련된 모든 신체 조건을 뜻한다. 그런 면에서 봤을 때 아이들이 자랄 시기에는 충분히 성장할 수 있도록 최선을 다해야 하지 않을까 생각한다.

둘째, '감성'을 키우는 데 도움이 되지 않는 이유에 대해 좀 더 언급하겠다. 아이들이 성장하는 동안 각 시기마다 누려야 할 것들이 있다. 예를 들어, 공부도 할 수 있을 때 해야 한다. 요즘처럼 순발력 있는 멀티플레이어형 연예인을 요구하는 시대에 공부는 하면 할수록 더욱 도움이 된다. 또한 경험해야 할 것은 공부 말고도 무궁무진하게 많다. 밤새도록 밀린 방학 숙제하며 후회하기, 짓궂은 장난쳤다가 선생님에게 회초리 맞고 눈물 흘리기, 힘없는 친구를 위해서 싸우기, 용돈 모아 후배들에게 아이스크림 사주기, 짝사랑하는 친구에게 고백하기 등 성장하는 동안 많은 일들을 경험해야 한다. 이런 경험이 쌓여 더욱 풍부한 감성을 만들어 낸다. 대중과 소통해야 하는 스타에게는 더 없이 중요한 것이다.

그런데 아역으로 바쁘게 활동하다 보면 어쩔 수 없이 이런 경험을 하지 못한다. 또래들과 어울리기보다는 어른들끼리 하는 출연료나 촬영

스케줄 얘기가 더 익숙하다. 그리고 어린아이의 천진함보다는 이미지 관리를 배운다. 요즘 대형 기획사들은 아역 스타들을 관리할 때 교육에도 신경을 많이 쓰고 있다. 하지만 아무리 신경을 쓴다고 해도 과연 보통의 부모들 마음과 똑같을지는 의문스럽다.

내 아이가 국어책을 읽고 친구들과 뛰어 놀아야 할 때 손담비의 〈토요일 밤에〉에 맞춰 섹시 댄스를 추거나 엽기 성대모사를 연습하고 있다고 생각해 보자. 과연 그것이 바람직한지 한 번쯤 심각하게 생각해 봤으면 하는 바람이다. 감성이 메말라 평범한 사람들의 감정을 이해하지 못하는 스타는 존재할 수 없다.

일찍 다가가려고 하지 마라!
때를 기다려 다가갈 준비를 하면 된다.

성형은 약도 되지만 독도 된다

21세기를 일컬어 글로벌 시대라고 부른다. 또는 인터넷 혁명 시대나 디지털 시대라고도 한다. 이렇듯 워낙 사회의 흐름이 변화무쌍하기 때문에 수식어도 다양하다. 나는 여기에 한 가지를 더 보태고 싶다. 21세기는 '성형 시대'다. 대한민국은 성형의 천국이나 다름없다. 성형 기술은 날로 눈부시게 발전하고 있고, 성형하는 사람들 역시 날로 늘어나고 있다. 졸업이나 입학 선물로 성형을 해주기도 하고, 점심시간을 이용해 할 수 있다는 '퀵 성형'이 얼마 전까지 유행이었다. 최근에는 '쁘띠 성형'이라고 해서 주사를 이용해 간단히 얼굴형을 바꾸는 수술이 인기라고 한다. 크고 작은 성형 수술이 이토록 일반화된 나라는 정말 찾아보기 힘들 것이다.

연예인들의 성형은 더 이상 화제가 되지도 않는다. 오히려 성형 사실을 당당히 고백하는 추세다. 잠시 휴식기를 가졌다 컴백하는 가수나 탤런트들은 하나같이 조금씩 모습이 바뀐다. 단순히 살을 뺐거나 헤어스타일을 바꾸는 정도가 아니다. 코가 하늘을 찌를 듯 높아졌거나 눈매가 두 배는 되어 보일 만큼 커졌다. 언뜻 봐서는 누군지 알아보기 힘들만큼 외모가 바뀌어 나타나는 연예인들도 심심찮게 볼 수 있다.

속담에 '지나치면 부족한 것만 못하다'는 말이 있다. 나는 연예인들의 성형도 마찬가지라고 생각한다. 너무 심하게 성형을 하면 나름대로 매력이 있던 외모가 오히려 망가지는 것을 많이 보았기 때문이다.

방송에 나오기 때문에 자신의 단점을 보완하고 싶은 마음은 충분히 이해할 수 있다. 또 장점을 살리는 정도의 성형은 찬성한다. 분명 예뻐지고 멋있어질수록 유리한 것이 연예계이기 때문이다. 하지만 보톡스를 너무 많이 맞아 부자연스러운 표정을 짓거나, 쌍꺼풀이 너무 짙어 보기만 해도 부담스러운 얼굴은 결국 활동에 마이너스 요인이 될 수밖에 없다. 이는 앞서서 언급했던 '평범한 외모'와도 관련이 있다. 스타들이 얼굴도 예쁘고 몸매도 멋진 사람들이 많은 게 사실이지만, 남녀노소 모두에게 사랑받는 톱스타 중에는 평범한 듯 친근한 외모를 가진 사람이 더 많다.

얼마 전 대한민국을 대표하는 연기파 배우 최민식 씨와 술을 마셨다. 그는 결코 잘생기지는 않았지만, 강렬한 인상과 카리스마가 대단한 배우다. 그는 영화계의 실정을 이야기하던 중, 성형 실태에 대한 안타까움을 털어놓았다. 그간 그와 함께 영화를 찍은 여배우들은 모두 내로라하는 미인이자 연기파 배우들이다. 그에게는 이 배우들이 30대, 40대가 되어도 함께 연기하고 싶다는 바람이 있었다.

하지만 영화계에 오래 몸담고 있다 보니 현실이 그렇지 않다는 걸 피부로 느꼈다고 한다. 왜냐하면 대부분의 여배우들이 영원히 20대로 남기를 원하기 때문이다. 늘 20대 같은 외모를 꿈꾸다 보니 자연스럽게 성형 수술을 할 수밖에 없는 것이다. 잦은 성형 수술로 변해 버린 배우들의 모습을 보면 너무도 안타깝다고 했다. 주름살을 펴기 위해 피부를 당겨서 부자연스러운 표정을 짓는 여배우를 마주했을 때는 상실감마저 든다고 한다. 분명 최고의 연기력과 매력을 보여 주었던 배우가 더 이상 그렇지 않아 보였기 때문일 것이다.

외국의 영화배우들 중에는 40~50대가 되어서도 아름다운 배우들이 종종 눈에 띈다. 하지만 그녀들이 성형을 해서 아름다워 보이는 것은 아니다. 한 해 한 해 나이가 들수록 또 다른 매력을 발산하기 때문이다. 나이가 들어도 얼마든지 섹시할 수 있다. 50대가 되어도 섹시한 배우들은 얼마든지 있다. 최민식 씨는 우리나라 배우들도 그랬으면 좋겠다고 말했다. 20대에 상큼한 매력을 보여 주었으면, 30대에는 성숙미를, 40대에는 또 다른 매력을 보여 주었으면 좋겠다는 것이다.

스타를 꿈꾸는 사람들은 모두 한 번쯤 성형에 대해 고민해 봤을 것이다. 여자뿐 아니라 남자도 마찬가지다. 수술을 하기 전에 자신의 외모의 장점과 단점을 꼼꼼히 살펴보고 신중하게 생각해 보길 바란다. 당신의 가능성을 알아보는 누군가가 성형을 한 당신을 보며 안타까워한다면 이보다 더 속상한 일이 어디에 있겠는가.

자기 자신을 아낄 줄 아는 사람이 스타가 될 수 있다.
나를 아끼고 내 모습을 사랑하는 것부터 시작하자!

스타 그리고 마배
〈옹달샘 유세윤·장동민·유상무〉

○ 의리에 살고 의리에 죽는다!

연예인들에게 입버릇처럼 하는 말이 있다. 바로 새로운 도전을 멈추지 말라는 것이다. 그런데 내가 못하는 걸 남들에게 얘기만 해서는 안 되는 법, 나 역시 매니저로서 최근 새로운 영역에 도전했다. 바로 개그맨들과 함께 일을 해보기로 한 것이다. 과거에 잠시 조혜련과 일을 해본 적은 있지만, 본격적으로 하는 건 이번이 처음이다.

1980~1990년대에는 가수 매니지먼트가 대세였고, 1990년에서 현재까지는 배우의 매니지먼트가 대세다. 가장 사랑받는 스타들을 따라 자연스럽게 매니지먼트도 움직이기 마련인 것이다. 그렇다면 지금 이 순간, 시대가 원하는 스타는? 나는 '멀티 플레이어'가 아닌가 생각한다. 노래를 하지만 개그도 할 줄 아는 스타, 연기를 하지만 토크도 잘하는 스타, 이런 재주 많은 스타들이 각광받는 시대가 왔다. 축구에서 공격수나 수비수보다 공격과 수비를 넘나드는 홍명보나 박지성이 꾸준히 많은 사랑을 받는 것과 같다.

All about Star

이런 생각 끝에 나는 '재주가 많은' 연예인들과 일하고 싶어졌다. 그래서 개그맨들을 찾았는데, 이들이 바로 옹달샘이라는 친구들이다. 대학에서 만나 옹달샘이라는 이름으로 활동한 지 10년이 되었다. 하지만 아직 대중에게 옹달샘은 이름도 익숙하지 않은 신생 팀과도 같다. 오히려 '건방진 도사' 유세윤과 〈개그 콘서트〉의 장동민, 유상무라고 하면 더 빨리 알아볼 것이다. 현재 각기 개그를 하고 있지만 언제라도 한 팀으로 일하는 것이 이들의 꿈이라고 한다.

과거 개그계에는 남철과 남성남, 양훈과 양석천, 서영춘과 배삼룡, 고춘자와 장소팔 등 활약이 대단했던 콤비들이 있었다. 최근에는 컬투, 갈갈이 패밀리, 김병만 패밀리 정도가 그 명맥을 잇고 있다. 이럴 때 옹달샘 세 친구가 모여 잠잠한 개그계에 다시 한 번 영광을 재현하면 어떨까? 생각만 해도 짜릿하고 의욕이 생긴다. 그래서 나는 옹달샘이 좋다. 앞으로 이들과 함께 도전해야 할 일이 무궁무진하기 때문이다. 옹달샘과 함께 일하기로 한 배경에는 이런 이유가 있다.

2009년 초부터 옹달샘과 함께 일하고 있다. 그런데 함께하면 할수록 참으로 특이한 친구들이라는 생각이 든다. 계약을 하기 위해 처음 이들을 만났을 때다. 나는 이들에게 어차피 옹달샘이란 이름이 아직 알려지지 않았으니 촌스럽지 않은 다른 이름으로 바꾸자고 제안했다. 그런데 그들은 나와의 첫 대면인데도 단번에 내 제안을 거절했다. 자신들이 처음 인연을 맺을 때 지은 이름이기 때문에 촌스러워도 바꿀 수 없다는 입장을 분명히 했다. 워낙 단호했기 때문에 나도 이들의 뜻에 따르기로

★ *All about Star*

대학에서 만나 옹달샘이라는 이름으로 활동한 지 10년이 되었다. 하지만 아직 대중에게 옹달샘은 이름도 익숙하지 않은 신생 팀과도 같다. 오히려 '건방진 도사' 유세윤과 〈개그 콘서트〉의 장동민, 유상무라고 하면 더 빨리 알아볼 것이다.

했다.

이번에는 계약금을 의논할 차례였다. 그런데 옹달샘은 또 한 번 나를 놀라게 했다. 나는 현재 인기가 가장 좋은 유세윤에게 다른 멤버들보다 계약금을 더 주겠다고 제안했다. 그렇게 하는 게 당연했기 때문이다. 그런데 유세윤은 그 제안을 단번에 거절했다. 자신들은 팀이기 때문에 계약금은 동등하게 삼등분으로 나눠 달라고 했다. 아무리 친한 친구 사이라도 단돈 몇 만 원 그냥 건네기가 쉽지 않은 게 요즘 세상이다. 그런데 연예계에 발을 디딘 지 꽤 오래된 프로들에게서 이런 계산법이 나오다니! 신선한 충격이었다. 하지만 이들은 10년 전부터 그렇게 약속했고 그 약속을 지킬 뿐이라며 덤덤하게 설명했다.

이렇게 해서 나는 이들과의 첫 대면에서 두 번씩이나 무 자르듯 제안을 거절당했다. 웃어야 할지 말아야 할지 헷갈리고 이상한 기분이 드는 첫 만남이었다.

이 밖에도 이들의 신기하리만큼 대단한 결속력을 실감할 기회는 많았다. 얼마 전 유세윤이 결혼식을 올렸다. 셋 중 누가 먼저 결혼하더라도 나머지 두 명이 사회를 봐주기로 했다고 한다. 그래서 그의 결혼식은 장동민과 유상무의 사회로 진행되었다.

개그맨 동기들이 모여 축가를 부를 때다. 노래를 부르는 동안 유세윤, 장동민, 유상무 옹달샘 세 사람이 눈물을 주룩주룩 흘렸다. 식이 끝나고 이유를 물어봤다. 그랬더니 세 사람은 10년 전 약속대로 보란 듯이 스타가 되어 결혼하는 게 너무 기뻐서였다고 대답했다.

식이 끝나고 유세윤 부부가 신혼여행을 떠날 차례였다. 얼마 전부터 결혼 선물 준비로 고민하던 장동민과 유상무가 선물을 공개했다. 선물은 다름 아닌 '승합차'였다. 그리고 그간 하고 싶은 말들을 편지지에 적듯 한 차 가득 적어 놓았다. 그리고 그 차를 타고 가라며 선물한 것이다. 이것 역시 10년 전에 한 약속이었다는데, 훗날 자기들 셋만 탈 수 있는 차를 장만하자고 했던 걸 기억해 낸 것이다. 사실 유세윤이 받은 차는 11만 킬로미터나 달린 중고 승합차다. 비록 새 차는 아니지만 이들의 우정만큼은 새 차가 부럽지 않을 만큼 대단해 보였다.

우리는 살면서 얼마나 많은 약속을 기억하고 지키며 살까? 아마도 누구 한 사람 선뜻 대답하기가 쉽지 않을 것이다. 하지만 10년 전의 약속을 하나씩 숙제 풀듯 풀어 가는 유세윤, 장동민, 유상무 등은 이렇게 조금씩 자신들의 꿈을 이뤄 가고 있었다. 나는 이런 옹달샘을 곁에서 지켜보며 한 가지 믿음이 생겼다. 셋이 한 팀으로 환상의 호흡을 맞추겠다는 꿈 역시 이룰 날이 멀지 않았다는 확신이다.

매니저가
말해 주는
현장 생생 정보

스타가 되는 길은 여러 가지다. 어디서부터 무엇을 해야 할지 막막하다면, 스타 등용문에는 어떤 방법들이 있는지 알아가는 것부터 시작하자. 일단 알고 나면 내가 가야 할 길이 무엇인지 더 또렷하게 보일 것이다.

스타를 만드는 학교들

10여 년 전만 해도 동국대, 중앙대, 한양대, 경성대, 청주대 등 10여 개에 불과하던 연극영화학과가 현재 전국에 200여 개에 가깝게 급증했다. 연극영화학과에서 파생되어 발전한 엔터테인먼트 관련 학과가 있는 학교들까지 합치면 무려 130여 개 대학의 400여 학과에 이를 만큼 확산되었다.

해당 학과도 연극영화, 방송연예, 대중매체영상학, 모델학과, 스포츠모델학과, 엔터테인먼트학과, 영상매체학과 등 다양하게 구성되어 있다. 그 안에 연기, 시나리오, 영상 연출 및 편집 기술, 모델, 대중가요, 뮤지컬 등의 분야로 진출할 수 있도록 세분화되어 있다. 참고로 최근에는 단국대, 한세대, 명지대 등 뮤지컬학과를 별도로 둔 대학들도 생겼다. 그만큼 연예계와 관련된 분야에 대한 관심이 뜨겁다는 것을 알수 있다.

이들 학교에서 많은 스타들을 배출했으므로 대학 진학을 앞둔 사람이라면 도움이 될 만한 학교와 학과에 도전해 보는 것도 바람직하다. 걸출한 스타들을 배출하며 양질의 커리큘럼과 연예계 인맥이 형성되어 있는 학교들이 많으므로 미리부터 정보를 수집하고 준비하는 것이 좋다.

유명 연예인들의 출신 학교로 잘 알려진 곳으로는 중앙대, 동국대, 서울예술대학, 한국예술종합학교(한예종), 한양대, 동덕여대, 단국대, 상명대, 경기대, 경희대, 청주대 등이 대표적이다. 중앙대 연극영화과 출신으로는 영화감독 강제규, 문화부 장관 유인촌, 배우 신애라, 이범수 등 영화와 연기 분야에서 활약하는 사람들이 많다. 또 동국대는 이덕화, 최민식, 김혜수, 조인성 등을 배출 했다. 한양대는 최불암, 설경구, 배두나, 김민정 등을 배출했다. 경기대 대중매체영상학부 출신으로는 조성모, 문희준, 전진, 신지 등 현재 활발한 활동을 하고 있는 가수들이 많은 것으로 유명하다.

최근 이들 학교 대부분이 입시에서 실기의 비중을 높이고 있는 추세다. 그만큼 다른 조건보다는 끼와 열정, 실력을 갖춘 인재를 찾고 있다. 실기에서 좋은 점수를 얻기 위해 자신이 도전하는 분야의 기본기를 갖추고 있어야 한다. 또한 외국어, 한국무용, 마술, 요리, 무술 등 다양한 특기를 익혀 두면 활용하기 좋아 입시에서 유리하다.

길거리 캐스팅

외모에 자신이 있다면 길거리 캐스팅을 노려 보는 것도 괜찮은 방법이
다. 핑클의 성유리, 탤런트 명세빈, 패셔니스타로 유명한 김민희 등이
길에서 캐스팅 매니저의 눈에 띄어 연예인이 된 경우이다. 이들은 워낙
뛰어난 외모를 가지고 있다 보니 절로 눈에 띌 수밖에 없다. 실제로 연예
인 지망생들이 연예 기획사가 집중적으로 모여 있는 압구정과 삼성동
일대를 돌아다니는 것을 흔히 볼 수 있다.

　그러나 여기서 꼭 주의할 점이 있다. 길거리 캐스팅으로 성공하는 스
타도 있지만, 그렇지 못한 경우가 더 많다는 것이다. 스타를 만들어 주
겠다고 속일 수도 있다는 점을 명심해야 한다. 연예인을 만들어 주겠다
며 큰돈을 요구하는 경우가 바로 대표적인 예다. 만약 매니저가 당신이

스타가 될 가능성이 있는 사람이라고 생
각하면 돈을 주지 않아도 함께 일하자며
나서서 제안할 것이다. 투자를 해서라도
스타를 만들고 싶은 욕심이 생기기 때문
이다. 그런데 사진을 찍거나 교육을 받아
야 된다는 핑계를 대면서 돈을 요구하면
일단 의심해 봐야 한다.

★ *All about Star*

겸손이 미덕인 시대는 갔다. 요즘 세대들은 자신을 알리는 데
거리낌이 없다. 자신의 장점과 재능을 보여 주기 위해 각종
오디션에 응모하는 것은 물론, 기회만 된다면 다양한 무대에
올라 자신의 '끼'를 거침없이 알려야 한다.

방송국 공개 채용

1980~1990년대까지만 해도 가장 확실한 스타 등용문은 방송국 공채 채용이었다. 지금 활약하는 톱스타들도 방송국 공채 출신이 많다. 하지만 어느 해부터인가 방송사에서 해마다 선발하던 탤런트 공채 시험이 사라졌다. 방송 프로그램 제작의 중심이 방송사 내부에서 외주 제작으로 옮겨간 것이 크게 작용했다. 그러나 경제 사정 악화로 큰 타격을 받은 방송사에서는 작년부터 잇따라 공채 탤런트 제도를 부활시켰다.

방송국 공개 채용에는 수많은 사람들이 응시한다. 공채로 선발될 경우 해당 방송사 프로그램을 통해 데뷔할 수 있기 때문에 해마다 많은 응시자들이 몰린다. 지난 2009년 3월에 6년 만에 부활한 SBS 방송사 탤런트 선발대회에도 총 14명을 뽑는데 4천 명이 넘게 지원했다. 남녀 각각 397대 1과 222대 1로 엄청난 경쟁률을 기록했다.

공개 채용 제도는 몇 년 전부터 천정부지로 솟는 톱스타의 몸값을 낮출 수 있는 데다 공개적인 오디션 등을 통해 어느 정도 검증받은 신인 탤런트를 내세울 수 있다는 점 때문에 연예계 안팎으로 많은 관심을 받고 있다. 당분간 꾸준히 이어질 전망이라고 하니, 공채 탤런트 시험에 도전해 보는 것도 좋은 방법이다.

오디션

유명 기획사 연습생

가수나 영화배우가 되고 싶으면 기획사를 알아보는 것이 좋다. 가수가 되고 싶다면 SM , YG , JYP, 싸이더스 등 한 번쯤 이름을 들어 봤을 법한 유명한 기획사에 연습생으로 들어가는 데 도전해 보자. 기획사 연습생이 되기 위한 가장 빠른 방법은 정기적으로 열리는 오디션에 응시하는 것이다. 실제로 빅뱅, 원더걸스 등 유명한 아이돌 그룹은 대부분 기획사 공개 오디션을 통해 연습생이 된 경우이다. 하지만 연습생을 뽑는 오디션도 워낙 경쟁이 치열하다 보니 이른바 '연예 고시'에 서너 번 떨어지는 것은 각오하고 시작해야 한다.

어렵게 오디션을 통과하면 고된 연습생 생활이 기다리고 있다. 1~2년은 기본이고, 심지어는 4~5년간 피나는 노력을 한 뒤 겨우 데뷔하는 경우도 많다. JYP와 SM에서는 매주 공개 오디션을 치르고 있고, 다른 기획사의 경우에도 상시적으로 오디션을 보고 있으니 각 기획사 홈페이지를 자주 들러 정보를 확인해야 한다.

꼭 대형 기획사가 아니더라도 기획사는 많이 있다. 현재 등록된 연예 기획사만 해도 2천여 개에 이르고, 이 중 역사가 오래된 믿을 만한 기획사도 많이 있다. 인터넷이나 주변 사람들을 통해 기획사에 대한 정보를 수집하다 보면 믿을 만한 기획사와 그렇지 않은 기획사를 구분할 수 있을 것이다.

공개 오디션

스타가 빨리 되고 싶다면 방송국 공개 오디션을 보면 된다. 미국에서 스타 제조기로 통하는 〈아메리칸 아이돌〉이라는 방송 프로그램이 있다. 가수가 되고 싶은 사람들에게 기회를 주는 것인데, 서바이벌 형식으로 진행되는 이 프로그램에서 우승하는 사람은 곧 스타가 될 만큼 영향력이 크다. 힐러리 더프, 제니퍼 허드슨(영화 〈드림걸즈〉 주연), 캐리 언더우드(올해 앨범 판매로 벌어들인 수익은 173억이다) 등 할리우드를 이끌어 가는 차세대 스타로 손꼽히는 이들이 이 프로그램 출신이다.

이제 우리나라에서도 〈아메리칸 아이돌〉 못지않은 연예인 선발 프로그램이 생기고 있다. 올해 봄에 음악 전문 케이블 채널에서 주최하는 오디션이 시작되자마자 20여 일 만에 16만 명이 지원하는 등 반응이 폭발적이다. 최종 우승자에게는 음반 취입 비용 1억 원과 함께 주최 측의 전폭적인 관리와 지원을 받을 수 있다. 프로그램이 진행되는 동안 치열한 경쟁을 해볼 수 있는 데다가 선발 과정이 자연스럽게 텔레비전에 노출되기 때문에 얼굴을 알리고 실력을 인정받기에 더 없이 좋은 기회가 될 수 있다. 앞으로도 이런 크고 작은 공개 오디션은 더 늘어날 전망이다.

얼짱 스타

탤런트 남상미, 〈꽃보다 남자〉의 구혜선, 세븐과 7년 열애로 화제가 된 박한별, 애프터 스쿨의 이주연 등 이들에게는 한 가지 공통점이 있다. 바로 인터넷 얼짱 출신 연예인이라는 것이다.

외모나 끼에 정말 자신 있는 사람이라면 미니 홈피나 블로그에 사진과 동영상을 올려놓기만 해도 입소문으로 유명해질 수도 있다. 또한 이보다 더 확실한 방법도 있다. 인터넷에서 유명한 "얼짱 까페"에 사진을 올리는 것이다. 투표를 통해 얼짱으로 선발되면 짧은 시간에 인지도를 높일 수 있을 것이다. 연예인을 꿈꾸는 많은 이들이 지금도 공식 얼짱이 되기 위한 경쟁을 펼치고 있다.

우리는 인터넷 시대에 살고 있다. 자신의 외모나 끼를 마음껏 펼칠 기회가 부족하다고 느낀다면 인터넷을 마음껏 활용해 보자. 인터넷도 스타가 될 수 있는 길이다.

이것만은 놓치지 말자

○ ○ ○

01_ 연극영화학과 연기 전공 입시 전형 방식

연극영화과 연기 전공 전형은 대개 실기 50~60퍼센트 이상이다. 2년제 대학은 실기 점수만 100퍼센트 반영하는 곳도 있다. 그만큼 수능보다는 실기가 중요한 비중을 차지한다. 실기 시험 과목은 대학마다 다르다. 대개 지정 연기, 자유 연기, 즉흥 연기, 특기 등으로 이루어져 있다. 지정 연기는 대학에서 지정한 작품의 한 장면을 연기하는 것이다. 자유 연기는 수험생이 희곡 등에서 한 대목을 자유롭게 준비해 발표한다. 특기는 무용, 뮤지컬, 노래, 탭댄스 등 장르에 제한이 없다. 즉흥 연기는 시험 당일 현장에서 제시하는 상황을 즉흥적으로 표현하는 것이다.

02_ 좋은 연기 학원의 특징

전국에 100개가 넘는 연기 학원들이 있다. 이들 학원에는 배우, 가수, 뮤지컬 지망생 할 것 없이 연기를 배우려는 학생들로 문전성시를 이룬다. 입시나 공개 채용에 합격하기 위해 연기 학원을 다닐 계획이라면 제대로 된 곳을 찾아야 한다. 특히 눈여겨 살펴야 할 점은 강사진의 연기 지도 경력과 특기 교육 여부다.

전문가들은 연기 학원 선별 기준으로 설립된 지 5년 이상 된 학원, 강사진의 연기 지도 경력 여부, 춤과 노래 등 특기 교육 내용 등을 꼽는다.

03_ 계약서 제대로 확인하기

만약 메니지먼트 사와 계약을 하게 된다면 이 책의 말미 〈부록〉에 수록된 '대중문화예술인(연기자 중심) 표준전속계약서'를 참고하라.

스타 그리고 추억
〈마이클 잭슨〉

○팝의 황제 마이클 잭슨에 대한 추억

1996년도에 세계적인 팝스타 마이클잭슨이 한국에서 첫 공연을 했다. 당시 나는 공연을 주최한 태원엔터테인먼트에서 근무하고 있었기 때문에 공연 내내 그를 가까이서 볼 수 있었다.

공연은 이틀에 걸쳐 진행되었다. 첫날 그의 공연을 지켜본 나는 입이 쩍 벌어질 수밖에 없었다. 말 그대로 그의 무대는 '환상적'이었다. 가수의 콘서트라기보다는 대형 뮤지컬 쇼에 가까운 공연이었다. 수백 명이 무대 위에 등장하는가 하면, 무대 위에 탱크가 지나가기도 했다. 마이클 잭슨의 환상적인 노래와 안무는 두말할 필요도 없었다. 그의 카리스마를 온몸으로 느낄 수 있는 잊지 못할 꿈같은 순간이었다.

공연 둘째 날이었다. 공연 중에 마이클 잭슨이 이동식 리프트를 타는 설정이 있었다. 노래를 하며 허공에 떠 있는 것 같이 보여 몽환적인 분위기를 연출했다. 마이클 잭슨이 계획대로 리프트를 타고 서서히 올라가기 시작했다. 한창 분위기가 고조되고 있었다. 나도 공연에 흠뻑 빠져들어 무대 밑에서 구경하고 있었다.

그런데 이때 누군가 내 눈앞을 휙 하고 지나갔다. 눈 깜짝할 사이에 한 남자가 무대 위로 뛰어올라가, 마이클 잭슨이 있는 리프트에 올라탔다. 정말이지 순식간에 벌어진 일이었다. 눈앞에 벌어진 광경에 나도 놀랐지만, 경호원들은 더욱 놀란 기색이 역력했다. 리프트 위에 마이클 잭슨과 낯선 남자 단 둘이 있는 상황에서 어떻게 대처해야 할지 아무도 섣불리 판단할 수 없었다.

한순간 모두 숨을 죽였고 공연장에는 정적이 흘렀다. 이때 마이클 잭슨이 계속해서 노래를 부르기 시작했다. 그것도 자신을 향해 달려든 낯선 사내를 다정하게 포옹한 채 불렀다.

하지만 갑자기 돌출 행동을 할 만한 사람이라면 마이클 잭슨에게 어떤 해를 입힐지 모르는 상황이었다. 하지만 마이클 잭슨은 겁내거나 피하지 않고 끝까지 노래를 불렀다. 그리고 정체 모를 남자가 떨어지지 않게 끝까지 포옹을 해주었다.

노래가 끝나자마자 우리는 무대에 난입한 관객을 끌고 대기실로 갔다. 그는 얼굴이 하얗게 질린 채 넋이 나가 있었다. 신분을 확인해 보니 평범한 대학생이었다. 그런데 그는 미리 리프트에 탈 계획을 치밀하게 세웠다.

첫째 날 공연에 와서 마이클 잭슨의 공연 내용과 동선을 미리 파악해 두었다. 그러고는 둘째 날 공연에 리프트가 올라갈 시점에 맞춰 리프트에 뛰어오른 것이다. 옷도 공연장 경호원과 비슷하게 입고 있었다. 그에게 이유를 묻자 마이클 잭슨을 너무 좋아해서 그랬다고 대답할 뿐이었다. 아무리 팬이라고해도 너무 위험한 행동이었다.

세계적인 톱스타가 내한 공연을 하는데, 철없는 대학생 때문에 대형 사고가 날 뻔했다. 사고가 안 났더라도 충분히 국제적인 망신을 당할 뻔한 심각한 상황이었다.

그의 처리 문제를 두고 관계자들끼리 옥신각신하고 있었다. 마이클 잭슨 측 관계자가 황급히 우리에게 달려왔다. 마이클 잭슨이 사고를 친 대학생을 나무라지 말고 돌려보내기를 바란다고 전했다. 자신을 너무 사랑해서 그런 것이기 때문에 그가 어떤 식으로든 불이익을 당하지 않았으면 한다고 했다.

마이클 잭슨도 이번 일이 흔치 않은 위험한 사건임을 알았을 것이다. 리프트에 타고 있는데 갑자기 누군가 뛰어들었고, 그 상황을 혼자 수습해야만 했던 일촉즉발의 순간이었다. 누구보다도 가장 놀라고 당황했을 것이다. 그러나 마이클 잭슨은 자기 자신보다는 난입한 관객을 먼저 배려하는 태도를 보였다.

2009년 6월 25일, 마이클 잭슨은 향년 쉰 살의 나이로 세상을 떠났다. 영원히 우리 곁에 있을 것만 같았던 팝의 황제의 갑작스런 죽음에 세상은 충격에 빠졌다. 지금 세계 곳곳에서 그의 죽음을 애도하는 팬들의 추모식이 끊이지 않고 있다.

일곱 살 때 음악 신동으로 스타가 된 이후, 평생을 팝의 황제로 살아온 마이클 잭슨. 시작부터 마지막까지 그의 삶은 평탄해 보이지 않았

All about Star

다. 하지만 불꽃같이 타올랐던 그의 삶과 음악은 사람들의 가슴속에 오래도록 기억될 것이다. 이제는 전설로 남은 마이클 잭슨의 죽음을 애도하며 그에 대한 옛 기억을 떠올려 본다.

그대 마음속에 식지 않는 열정을 지녀라.
비로소 그때, 당신의 인생은 빛날 것이다.

─괴테

꿈은, 이루어진다

지금 이 순간까지 책을 놓지 않고 있다면 당신은 '스타를 꿈꾸는 사람' 임을 믿어 의심치 않는다. 그렇기 때문에 18년 동안 일했다는 매니저의 시끄러운 잔소리를 묵묵히 들어주었을 것이다. 나는 이런 당신의 관심이 반갑고 즐겁다. 그렇다고 해서 단순히 내 얘기에 귀 기울여 주는 친절함 때문에 즐겁다는 것이 아니다. 꿈을 꾸고 있고 그 꿈을 현실로 만들기 위해 노력하는 당신을 보는 것이 기쁘다. 왜냐하면 이런 의지야말로 스타가 되기 위한 첫째 조건이나 다름없기 때문이다.

꿈을 이루는 방법은 명상이 아니라 실천이다. 꿈을 이루기 위해서는 눈이 아닌 손을 써야 한다는 말이다. 당신이 스타를 꿈꾼다면 스타가 되기 위해 적극적인 노력을 해야 한다. 벌써 시작을 한 당신은 분명 다른 지망생보다 한 발 앞섰다고 자신감을 가져도 좋다.

대부분의 스타 지망생들을 보며 가장 안타까웠던 점은 막연한 동경에서 헤어 나오지 못하고 있다는 것이다. 도대체 그 이유는 무엇일까? 우선, 스타는 선택받은 사람만이 될 수 있다고 여기는 태도 때문이다. 스타를 꿈꾸는 사람들은 너무도 많은데이 사람들과 경쟁에서 이겨 대중에게 사랑받기란 말 그대로 하늘의 별 따기라는 생각을 한다. 그렇기 때문에 재능이나 노력이 아닌 '운'이 필요하다고 믿는다. 옛 어른들의 말처럼 '천운'이 따라야 스타가 될 수 있을 텐데, 과연 내가 그런 사람인가 하는 걱정을 하고 있기 때문에 꿈만 꾸고 있는 것이다. 하지만 거듭 강조했듯이, 누구나 스타가 될 수 있다. 사람이 꾸는 꿈은 모두 현실이 될 수 있다는 어느 명언가의 말처럼, 스타가 되는 데 자격 제한 같은 것은 없다. 꿈만 꾸느냐 실천을 하느냐의 선택은 당신의 몫이다.

막연히 동경만 하는 사람들의 또 다른 공통점은 스타가 하루아침에 된다는 환상을 품고 있다는 점이다. 어느 날 갑자기 나타나 텔레비전이나 광고를 휩쓰는 스타를 심심찮게 보기 때문에 그런 생각을 하는 것도 무리는 아니다. 하지만 여기서 간과해서는 안 될 것은 그 '하루아침'을 맞이하기 위해 스타들은 수많은 시간을 땀 흘리며 노력했다는 사실이다. 그랬기 때문에 기회가 찾아왔을 때 잡을 수 있었던 것이다. 그 순간을 위해 밤낮으로 칼날을 갈 듯 열심히 자기 자신을 갈고 닦아야 한다는 사실을 명심하자.

최지우가 드라마 〈첫사랑〉을 찍기까지 얼마나 많은 눈물을 흘렸겠는가? 정준호가 지금의 호감형 이미지를 만들기까지 얼마나 많은 캐릭터에 도전했겠는가? 또 이하나가 성공적으로 데뷔하기까지 4년이란 긴 시간동안 얼마나 방황했겠는가? 이들의 사연을 읽으면서 한순간의 기회를 잡기까지 말 못 할 고통과 굵은 땀방울이 있었음을 알게 되었을 것이다.

이제 당신도 환상에서는 빠져나올 때가 되었다. 무엇이든 열심히 해서 잘할 수 있을 때, 기회가 찾아오면 잡을 수 있다는 점을 깨닫고 실천으로 옮겨야 한다.

드디어 무엇을 준비해야 할지 노트를 펼치고 적을 때가 되었다. 이미 당신은 잘 알고 있다. 지금까지 우리는 무엇을 어떻게 차근차근 준비하면 되는지 생각해 봤기 때문이다. 연예계에 데뷔하려면 어떤 방법들이 있는지도 알았고, 기획사의 문을 두드릴 때 무엇을 따져 봐야 하는지 명확한 기준도 섰을 것이다. 어디 그뿐인가. 인기 스타와 톱스타의 차이를 알았고, 요즘 사랑받는 스타들의 특징도 공부했다. 스타가 되기 위해 손쉽게 할 수 있는 방법들도 알았다. 예를 들어, 늘 촬영하고 있다는 마음으로 행동하기, 몸짱에 도전하기, 울렁증을 극복하기 등 당장이라도 실천해 볼 수 있는 다양한 방법도 알았을 것이다. 그리고 이렇게 단순해 보이는 것들이 스타가 되기 위해 얼마나 중요한 요건들인지도 깨달았을 것이다.

누구나 반짝반짝 빛나는 스타를 꿈꿀 수 있다. 하지만 아무나 될 수는 없다. 지금부터 당신의 꿈에 자신감을 가지고 도전해 보라. 그리고 그 도전이 헛되지 않도록 한 땀 한 땀 계획을 세워 꿈을 현실로 만들어 보라. 힘겹지만 당찬 발걸음을 뗀 당신에게 아낌없는 격려와 박수를 보낸다

대중문화예술인(연기자 중심) 표준전속계약서

공정거래위원회
표준약관 제10063호
(2009. 7. 6. 제정)

[매니지먼트사]   (이하 '**갑**' 이라 한다)[와, 과]
[대중문화예술인]   (본명 :   ) (이하 '**을**' 이라 한다)[는, 은]
다음과 같이 전속 매니지먼트 계약을 체결한다.

제1조 (목적)

이 계약은 을이 대중문화예술인으로서의 활동(이하 '연예활동'이라 한
다)에 대한 매니지먼트 권한을 갑에게 위임하고, 이에 따라 갑이 그 권
한을 행사하는 데에 있어서 필요한 제반 사항을 정함으로써, 연예활동
에 있어서의 갑과 을의 상호의 이익과 발전을 도모함에 그 목적이 있다.

제2조 (매니지먼트 권한의 부여 등)

① 을은 갑에게 제3조에서 정하는 연예활동에 대한 독점적 매니지먼트
권한을 위임하고, 갑은 이러한 매니지먼트 권한을 위임 받아 행사한다.

다만 을이 갑에게 위 독점적인 매니지먼트 권한의 일부를 위임하는 것을 유보하기로 양 당사자가 합의하는 경우에는 그러하지 아니 하다.

② 갑은 을이 자기의 재능과 실력을 최대한 발휘할 수 있도록 **성실히 매니지먼트 권한을 행사**하여야 하고, 갑의 매니지먼트 권한 범위 내에서의 연예활동과 관련하여 **을의 사생활보장 등 을의 인격권이 대내외적으로 침해되지 않도록 최대한 노력**한다.

③ 을은 계약기간 중 갑이 독점적으로 권한을 행사하도록 되어 있는 연예활동과 관련하여 **갑의 사전승인 없이** 자기 스스로 또는 갑 이외의 제3자를 통하여 **출연교섭을 하거나 연예활동을 하여서는 아니 된다.**

제3조 (연예활동의 범위 및 매체)

① 을의 연예활동은 다음 각 호의 활동을 말한다.

1. 배우·모델·성우·TV탤런트 등 연기자로서의 활동 및 그에 부수하는 방송출연·광고출연·행사진행 등의 활동
2. 작사·작곡·연주·가창 등 뮤지션으로서의 활동(단, 갑의 독점적 매니지먼트의 대상이 되는 범위에 대하여는 갑과 을이 별도로 합의하는 바에 따른다)
3. 기타 위 제1호 또는 제2호의 활동과 밀접히 관련되거나 문예·미술 등의 창작활동 등으로서 갑과 을이 별도로 합의한 활동

② 을의 연예활동을 위한 매체 등은 다음 각 호와 같다.

1. TV(지상파 방송·위성방송·케이블·CCTV·IPTV 기타 새로운 영상매체를 포함한다) 및 라디오·모바일기기·인터넷 등
2. 레코드·CD·LDP·MP3·DVD 기타 음원 및 영상물의 고정을 위한 일체의 매체물과 비디오테이프·비디오디스크 기타 디지털방식을 포함한 일체의 영상 녹음물
3. 영화·무대공연·이벤트 및 행사·옥외광고
4. 포스터·스틸 사진·사진집·신문·잡지·단행본 기타 인쇄물
5. 저작권·초상권 및 캐릭터를 이용한 각종 사업이나 뉴미디어 등으로 갑과 을이 별도로 합의한 사업이나 매체

③ 제1항 및 제2항의 규정에도 불구하고 구체적인 연예활동 범위와 연예활동 매체 등은 갑과 을이 부속 합의서에서 달리 정할 수 있다.

제4조 (갑의 매니지먼트 권한 및 의무 등)

① 갑이 제2조에 따라 행사하는 을에 대한 매니지먼트 권한 및 의무의 범위는 다음 각 호와 같다.

1. 연예활동에 필요한 능력의 습득 또는 향상을 위한 일체의 교육실시 또는 위탁
2. 제3조 제1항의 연예활동을 위한 계약교섭 및 계약체결

3. 제3조 제2항의 매체에 대한 출연교섭

4. 을의 연예활동에 대한 홍보 및 광고

5. 제3자로부터 을의 연예활동에 대한 출연료 등 대가 수령 및 관리

6. 연예활동 일정의 관리

7. 콘텐츠의 기획·제작, 유통 및 판매

8. 기타 을의 연예활동을 위한 제반 지원

② 갑은 을을 대리하여 제3자와 을의 연예활동에 관한 계약의 조건과 이행방법 등을 협의 및 조정하여 계약을 체결할 권한을 가지는데, 그 대리권을 행사함에 있어 갑은 을의 **신체적·정신적 준비상황을 반드시 고려**하여야 하고, 급박한 사정이 없는 한 미리 을에게 계약의 내용 및 일정 등을 **사전에 설명**하여야 하며, 또 을의 명시적인 의사표명에 반하는 계약을 체결해서는 아니 된다.

③ 갑은 을의 연예활동과 관련하여 계약기간 이후에도 효력을 미치는 계약을 교섭·체결하기 위해서는 **을의 동의**를 얻어야 한다.

④ 을의 연예활동을 제3자가 침해하거나 방해하는 경우 갑은 **그 침해나 방해를 배제하기 위한 필요한 조치**를 취해야 한다.

⑤ 갑은 이 계약에 따른 을의 연예활동 또는 연예활동 준비 이외에 **을의 사생활이나 인격권을 침해하거나 침해할 우려가 있는 행위**를 요구하여서는 아니 되고, **부당한 금품을 요구**하여서도 아니 된다.

제5조 (을의 일반적 권한 및 의무)

① 을은 제2조에 따라 갑이 위임받아 행사되는 매니지먼트 활동에 대하여 **언제든지 자신의 의견을 제시**할 수 있고, 필요한 경우 을의 연예활동과 관련된 자료나 서류 등을 **열람** 또는 **복사**해 줄 것을 갑에게 요청할 수 있고, 갑은 이에 응해야 한다.

② 을은 갑의 매니지먼트 권한 행사에 따라 **자신의 재능과 실력을 최대한 발휘**하여 연예활동을 하여야 한다.

③ 을은 연예활동에 지장을 초래할 정도로 **대중문화예술인으로서의 품위를 손상시키는 행위**를 해서는 아니 되며, **갑의 명예나 신용을 훼손하는 행위**를 해서도 아니 된다.

④ 을은 갑이 제4조 제5항의 규정에도 불구하고 **부당한 요구를 하는 경우에는 이를 거부**할 수 있다.

⑤ 을은 계약기간 중 **갑의 사전 동의 없이는** 제3자와 이 계약과 동일하거나 유사한 계약을 체결하는 등 **이 계약을 부당하게 파기 또는 침해하는 행위**를 하여서는 아니 된다.

제6조 (을의 인성교육 및 정신건강 지원)
갑은 을이 **대중문화예술인으로서 자질과 인성**을 갖추는 데 필요한 교육을 제공할 수 있고, 을에게 극도의 우울증세 등이 발견될 경우 을의 동의하에 **적절한 치료** 등을 지원할 수 있다.

제7조 (수익의 분배 등)

① 수익분배방식(예: 슬라이딩 시스템)이나 구체적인 분배비율은 갑과 을이 별도로 합의하여 정한다. 이때 수익분배의 대상이 되는 수익은 을의 연예활동으로 발생한 모든 수입(을과 관련된 콘텐츠 판매와 관련된 수입도 포함)에서 **을의 공식적인 연예활동으로 현장에서 직접적으로 소요되는 비용**(차량유지비·의식주 비용·교통비 등 연예활동의 보조·유지를 위해 필요적으로 소요되는 실비)과 **광고수수료 비용 및 기타 갑이 을의 동의하에 지출한 비용을 공제**한 금액을 말한다.

② 갑은 자신의 매니지먼트 권한 범위 내에서 을의 연예활동에 필요한 능력의 습득 및 향상을 위한 **교육(훈련)에 소요되는 제반비용을 원칙적으로 부담**하며, 을의 의사에 반하여 불필요한 비용을 을에게 부담시켜서는 아니 된다.

③ 을은 **연예활동과 무관한 비용**을 갑에게 부담시켜서는 아니 된다.

④ 이 계약을 통하여 얻는 모든 수입은 일단 갑이 수령하여 **매월 (   )일자로 정산하여 다음 달 (   )일까지** 을이 지정하는 입금계좌로 지급한다. 단, 매월 정산하기 어려운 부분에 대해서는 을에게 이러한 사실을

알리고 **별도의 정산주기 및 지급일**을 정할 수 있다.

⑤ 을의 귀책사유로 갑이 을을 대신하여 제3자에게 배상한 금원이 있는 경우 을의 수입에서 그 배상비용을 우선 공제할 수 있다.

⑥ 갑은 **정산금 지급과 동시에 정산자료**(총 수입과 비용공제내용 등을 증빙할 수 있는 자료)를 **을에게 제공**하여야 한다. 을은 정산자료를 수령한 날로부터 **30일 이내**에 정산내역에 대하여 공제된 비용이 과다 계상되었거나 을의 수입이 과소 계상되었다는 등 갑에게 이의를 제기할 수 있고, 갑은 그 정산근거를 성실히 제공하여야 한다.

⑦ 갑과 을은 각자의 소득에 대한 세금을 **각자 부담**한다.

제8조 (상표권 등)

갑은 계약기간 중 본명·예명·애칭을 포함하여 을의 모든 성명·사진·초상·필적, 기타 을의 동일성(identity)을 나타내는 일체의 것을 사용하여 상표나 디자인 기타 유사한 **지적재산권을 개발**하고, 갑의 이름으로 이를 **등록**하거나 을의 연예활동 또는 갑의 업무와 관련하여 **이용(제3자에 대한 라이선스 포함)**할 수 있는 권리를 갖는다. 다만 **계약기간이 종료된 이후에는 모든 권리를 을에게 이전**하여야 하며, 갑이 지적재산권 개발에 상당한 비용을 투자하는 등 특별한 기여를 한 경우에는 **을에게 정당한 대가를 요구**할 수 있다.

제9조 (퍼블리시티권 등)

① 갑은 계약기간에 한하여 본명·예명·애칭을 포함하여 을의 모든 성명·사진·초상·필적·음성, 기타 을의 동일성(identity)을 나타내는 일체의 것을 을의 연예활동 또는 갑의 업무와 관련하여 이용할 수 있는 권한을 가지며, **계약기간이 종료되면 그 이용권한은 즉시 소멸**된다.

② 갑은 제1항의 권한을 행사함에 있어 을의 명예나 기타 을의 인격권이 훼손되는 방식으로 행사하여서는 아니 된다.

제10조 (콘텐츠 귀속 등)

① 계약기간 중에 을과 관련하여 **갑이 개발·제작한 콘텐츠**(이 계약에서 '콘텐츠'라 함은 을의 연예활동과 관련하여 제3조 제2항의 매체 등을 통해 개발·제작된 결과물을 말한다)는 **갑에게 귀속**되며, **을의 실연이 포함된 콘텐츠의 이용을 위하여 필요한 권리**는 발생과 동시에 자동적으로 갑에게 부여된다.

② 계약종료 이후 제1항에 따라 매출이 발생할 경우, 갑은 을에게 **매출의 ___%를 정산하여 ( )개월 단위로 지급**한다. 다만, 을이 갑에게 지급하여야 할 금원이 있는 경우에는 위 정산금에서 우선 공제할 수 있고, 갑은 을의 요구가 있는 때에는 정산금 지급과 동시에 정산자료를 을에게 제공하여야 한다.

③ 이 조항과 관련하여 갑은 대한민국 저작권 관련 법령에 따라 보호되는 **을의 저작권 및 저작인접권(실연권)을 인정**하고, 을은 자신의 저작권 및 저작인접권(실연권) 활용을 통해 **갑의 콘텐츠 유통 등을 통한 매출확대 및 수익구조 다변화**를 기할 수 있도록 적극 협력한다.

제11조 (권리 침해에 대한 대응)

제3자가 제8조 내지 제10조에 규정된 권리를 침해하는 경우, 갑은 갑 자신의 책임과 비용으로 그 침해를 배제하기 위한 조치를 취해야 하며, 을은 이와 같은 갑의 침해배제조치에 협력한다.

제12조 (계약의 적용지역)

이 계약의 적용범위는 **대한민국을 포함한 전 세계 지역**으로 한다.

제13조 (계약기간 및 갱신)

① 이 계약의 계약기간은 **7년을 초과하지 않는 범위 내에서**
_____년 _____월 _____일부터   _____년 _____월 _____일까지
(_____년 _____개월)로 한다.

② 계약기간 중 다음 각 호의 어느 하나와 같이 을의 개인 신상에 관한

사유로 을이 정상적인 연예활동을 할 수 없게 된 경우에는 **그 기간만큼 계약기간이 연장**되는 것으로 하며, **구체적인 연장일수는 갑과 을이 합의**하여 정한다.

1. 군복무를 하는 경우
2. 임신·출산 및 육아, 대학원에 진학하는 경우
3. 연예활동과 무관한 사유로 인하여 병원 등에 연속으로 30일 이상 입원하는 경우
4. 기타 을의 책임 있는 사유로 연예활동을 할 수 없게 된 경우

제14조 (확인 및 보증)

① 갑은 을에 대해 계약체결 당시 제4조 제1항의 매니지먼트 권한 및 의무를 행사하는 데 **필요한 인적·물적 자원을 보유하거나 그러한 능력**을 갖추고 있다는 것을 확인하고 보증한다.

② 을은 갑에 대해 다음 각 호의 사항을 확인하고 보증한다.

1. 이 계약을 유효하게 체결하는 데 필요한 권리 및 권한을 보유하고 있다는 것
2. 이 계약의 체결이 제3자와의 다른 계약을 침해하지 않는다는 것
3. 계약기간 중 이 계약내용과 저촉되는 계약을 제3자와 체결하지 않는다는 것

제15조 (계약내용의 변경)

이 계약내용 중 일부를 변경할 필요가 있는 경우에는 갑과 을의 서면합의에 의하여 변경할 수 있으며, 그 서면합의에서 달리 정함이 없는 한, 변경된 사항은 그 다음 날부터 효력을 가진다.

제16조 (권리 등의 양도)

갑은 **을의 사전 서면동의**를 얻은 후 이 계약상 권리 또는 지위의 전부 또는 일부를 제3자에게 양도할 수 있다.

제17조 (계약의 해제 또는 해지 등)

① 갑 또는 을이 이 계약상의 내용을 위반하는 경우, 그 상대방은 위반자에 대하여 **14일 간의 유예기간**을 정하여 위반사항을 시정할 것을 먼저 요구하고, 그 기간 내에 위반사항이 시정되지 아니하는 경우에 상대방은 계약을 해제 또는 해지하고, 손해배상을 청구할 수 있다.

② 갑이 계약내용에 따른 자신의 의무를 충실히 이행하고 있음에도 불구하고, 을이 계약기간 도중에 계약을 일방적으로 파기할 목적으로 계약상의 내용을 위반한 경우에는 을은 **제1항의 손해배상과는 별도**로 계약 잔여기간 동안 **을의 연예활동으로 인해 발생된 매출액의 _____%를 위약벌**로 갑에게 지급한다. 단, 위약벌은 을의 연예활동으로 인해 발생

된 **매출액의 15%를 넘지 못한다.**

③ 계약해지일 현재 이미 발생한 당사자들의 권리·의무는 이 계약의 해지로 인하여 영향을 받지 않는다.

제18조 (불가항력에 따른 계약종료)

을이 중대한 질병에 걸리거나 상해를 당하여 **연예활동을 계속하기 어려운 사정**이 발생한 경우 이 계약은 종료되며, 이 경우에 갑은 을에게 손해배상 등을 청구할 수 없다.

제19조 (비밀유지)

갑과 을은 이 계약의 내용 및 이 계약과 관련하여 알게 된 **상대방의 업무상의 비밀을** 제3자에게 정당한 사유 없이 **누설하여서는 아니 되며,** 이를 비밀로 유지하여야 한다. 이 비밀유지의무는 계약기간 종료 후에도 유지된다.

제20조 (분쟁해결)

① 이 계약에서 발생하는 모든 분쟁은 갑과 을이 **자율적으로 해결하도록 노력**한다.

② 제1항에 따라 해결되지 않을 때에는 다음 중 (___)에 따라 해결한다.

 1. 중재법에 의하여 설치된 **대한상사중재원의 중재(仲裁)**

☞ '중재' 란 분쟁을 해당 분야 전문가들의 판정에 의해 해결하는 제도인데, 소송(3심제)과는 달리 단심으로 끝남 (중재판정은 법원의 확정판결과 동일한 효력)

 2. 민사소송법 등에 따른 **법원에서의 소송(訴訟)**

제21조 (부속 합의)

① 갑과 을은 이 계약의 내용을 보충하거나, 이 계약에서 정하지 아니한 사항을 규정하기 위하여 부속 합의서를 작성할 수 있다.

② 제15조에 따른 계약내용 변경 및 제1항에 따른 부속 합의는 이 계약의 내용과 배치되거나 위반하지 않는 범위로 한정한다.

이 계약의 성립 및 내용을 증명하기 위하여 계약서 2부를 작성하고, 갑
과 을이 서명 날인 후 각 1부씩 보관한다.

_____년 _____월 _____일

갑 : 매니지먼트사

주 소 :

회사명 :

대표자 :   인

을 : 대중문화예술인

주 소 :

주민등록번호 :

성 명(실명) :   인

　　　　[개인인감증명서 및 주민등록등본 첨부]

을의 법정대리인(을이 미성년자인 경우)

을과의 관계 :

주 소 :

주민등록번호 :

성 명(실명) :   인

　　　　[개인인감증명서 및 주민등록등본 첨부]

〈첨부〉

1. 부속 합의서

두려워 마라. 도전할 만한 가치가 있다고 믿어라.
믿음은 믿는 자에게 실현된다.

윌리엄 레임스

스타

초 판 1쇄 발행일 | 2009년 08월 20일

글 쓴 이 | 손성민
펴 낸 이 | 이숙경

펴낸곳   이가서
주소   서울시 마포구 서교동 469-5 정서빌딩 2F
전화·팩스   02-336-3502~3   02-336-3009
홈페이지   www.leegaseo.com
등록번호   제10-2539호

ISBN   978-89-5864-270-1 03810

5

항상 부드러운 카리스마의 송창의 대표님, 항상 나에게 도움만 주시는 김현철 국장님, 김석윤 PD님, 김태성PD님. 남자다우신 이진석 대표님 그리고 이창한 감독님, 다정다감한 윤신애 님, 방상연 님, 항상 편안하신 김태성 부장님. 좋은 드라마를 위해 애쓰시는 지영수 PD님, 이용석 PD님, 진형욱 PD님, 배경수 PD님, 곽정환 PD님, 오광희 님, 문석환 님. 내가 힘들 때마다 어깨를 두들겨주는 유승관 형님, 정태익 형님, 어릴 때 너무나도 어려웠던 장두익 감독님! 언제 봐도 편한 이상백 형님, 유철용 형님. 최완규 형님, 강상돈 님, 임정아 PD님, 신정수 PD님, 김형중 PD 등. 일에 대한 열정이 넘치시는 김영희 님, 은경표 님, 박중민 님, 여운혁 님, 양지숙 PD님, 박정규 PD님, 윤세영 PD님! 그리고 코미디를 사랑하시는 개그콘서트 김석현 PD님! 그리고 이상덕 작가님. 언제나 웃으면서도 자신감이 넘치고 다재다능한 최준영 대표님! 제작자로 거듭난 윤영하 대표님. 열정이 넘치는 홍정은 작가, 황선희 작가, 신여진 작가, 김창희 작가, 정하윤 작가 오랜 동생 이현주 작가. 그리고 일하면서 만난 많은 드라마, 예능 PD, 작가, 제작자님들! 그리고 수많은 스태프들.

늘 여유를 가지고 계시는 강제규 감독님, 카리스마 짱 강우석 감독님! 언제나 컬컬하시던 김세창 상무님! 영화계를 이끌고 계시는 이춘연 대표님! 늘 따뜻한 얘기를 해주시는 박중훈 형님! 늘 밝은 얼굴로 내게 용기를 주고 떠난 정승혜 누님! 수많은 아이디어가 있는 조철현 대표님. 영화 열정이 좋은 김미희 대표님, 김두찬 대표님, 김현택 대표님, 김은태 대표님, 정진기 님! 영화를 만드는 데만 열중하는 길영민 님, 이현명 님, 김복근 님, 박태준 님, 이관수 님, 이창준 님, 임지영 님, 유재형 님. 항상 영화계를 지키시는 넉넉한 권영락 형님, 조선묵 형님, 이효승 형님, 이호성 형님, 서우식 님. 좋은 작품을 만드는 감 좋은 안병기 감독, 감상진 감독, 장윤현 감독, 김경형 감독, 장규성 감독, 박제현 감독, 전윤수 감독, 김용화 감독, 안진우 감독, 장항준 감독, 김진민 감독, 백동훈 감독 등. 늘 조용조용 얘기하면서도 유머감각이 뛰어나신 김대우 감독님! 한결같은 안상훈 대표님과 오순경 님, 편안한 한지승 감독님! 제대로 불도저인 오민호 대표. 영화와 음악과 커피를 사랑하고 칸영화제를 두 번이나 밟아본 동생 임승용, 반듯한 박대희 PD, 시원시원한 국수란 PD, 눈빛이 살아있는 창 감독. 그 밖에 내가 영화 일을 하면서 만난 영화를 사랑하는 모든 분들!

엔터테인먼트에 일하면서 물심양면으로 도와준 정경문 님, 박양수 님, 고규대 님, 김용습 님, 송원섭 님, 황용희 님, 이준형 님, 김성한 님, 허엽 님, 강일흥 님, 김범석 님, 윤고은 님, 김가희 님, 김영현 님, 윤여수 님, 정경문 님, 강수진 님, 이은정 님, 전상희 님, 이길상 님, 강희수 님, 김재범 님, 문용성 님, 김대오 님, 용원중 님, 이경란 님, 이경희 님, 김소라 님, 강일효 님, 정미혜 님, 이재환 님, 길혜성 님, 이평엽 님, 이미연 님, 최용기 님, 이동현 님 등 그 외 수많은 기자님들!

야구 하면 생각나는 양신 영원한 3할 타자, 기록 제조기 우리 동생 양준혁! 형처럼 행동하는 동생 서용빈, 친동생 같은 앉아쏴 조인성, 늘 한결같고 변함없는 이승용! 차분한 유지현! 늘 페이스를 유지하는 노력형 류택현, 최동수, 성실맨 박경수, 심수창.
아들 성찬이 야구를 할 수 있게 만들어준 용산리틀야구단 최철훈 감독! 성찬의 용산리틀 선배 동주봉, 문찬종, 조윤성, 최준영, 박일구, 박민우, 김하늘, 이상호를 비롯한 동기 성우, 준, 재환, 경석! 언북중학교 이호 감독과 동기 택형, 준수, 창래, 기웅, 승남, 승주 선수들과 선후배 부모님들!
전국 최강 덕수고 명장 정윤진 감독을 비롯한 수석코치 민동근 코치, 투수코치 송민수 코치! 최고의 선수들인 덕수고 3학년 인행, 경민, 경도, 영현, 효석, 찬구, 영준. 2학년 승혁, 진영, 성복, 신호, 철언, 민욱, 민영, 규섭, 정웅, 정호, 준일. 1학년 택형, 민세, 광년, 지수, 대희, 성준, 채훈, 진범, 재환, 성찬 그리고 뒷바라지에 여념이 없는 덕수고 동문들과 선수 부모님들! 자기 일처럼 최선을 다해 조카를 도와주는 동생 허남.

야구에 미쳐있는 인간들의 집단, 배우 야구단 플레이보이즈! 야구선수보다 더 자세가 나오는 구단주 김승우, 단장 장동건, 주장 공형진. 간지가 제대로인 안길강, 의지에 불타는 황정민, 한재석. 장비 1등에 연습 사이드암 투수 중 최고인 주진모. 야구에 미쳐서 사이클링히트까지 한 지진희, 성실한 투수 이종혁, 나이보다 성숙한 배우 현빈! 슈 렉 김대영! 넉살 좋은 한영수. 자기 일보다 더 야구를 좋아하고 궂은일도 마다하지 않는 굴비 김용건. 자세가 좀 안 나오는 이세호, 얼큰이 이성훈, 늘 웃는 조성완, 최성욱, 발 빠른 최현덕, 빤질이 최영세, 야구선수를 하다가 제 2의 인생을 사는 김광현, 최창양, 이정준, 김진일, 김재걸, 이태성. 플레이보이즈 감독 장제일! 나라에 부름을 받은 공유, 훌륭한 지도자 남인환, 대구에서 왔다갔다 하느라 고생하는 홍순천 님!

유찬 엄마랑 애들 때문에 만나서 이제 동네주민으로 친하게 지내는 소희 엄마, 경원 엄마, 다연 엄마, 다경 엄마 그리고 빛초롱 어린이집 원장님을 포함한 선생님들! 유찬엄마와 친한 동희, 지은, 성진, 연우, 희정 그리고 은수 씨. 유찬 엄마의 오랜 친구 경미 님, 현경 님, 은주 님, 준희 님, 정화 님!

언제나 늘 부지런하신 장모님 조정경 여사, 장인어른 송윤복 님! 나라 일에 바쁜 윗동서 배명우 형님! 그리고 처형 송정수 여사! 호주로 유학 간 조카 배민경, 그리고 여의도여고의 조카 배민혜. 호주로 이민 간 하나뿐인 처남 송정 우, 남윤순 여사. 엄하시기만 하다가 세상을 떠나신 아버님 손순호 님, 나를 낳아주시고 길러주시는 어머니 강국 자 여사! 그리고 큰형 손성우, 형수 정소영 여사, 조카 문기, 민지, 작은형 손민우 형! 일본에 살고 있는 하나뿐인 손은주 누나, 매형 야쯔네 님 그리고 사끼 짱, 유끼 짱.

끝으로 지금의 나를 있게 해준 사랑하는 나의 가족! 의젓한 큰아들 손성찬! 귀염둥이 작은 아들 손유찬! 두 아들을
키우느라 고생하면서도 나만 믿고 살고 있는 사랑스러운 나의 송현수 여사!

이 모든 사람은 내가 19년을 일하면서 희로애락을 함께 한 고마웠던 사람들입니다.
이들이 없었다면 일을 하면서 기쁨과 슬픔을 느끼지 못했을 것입니다.
그리고 숱한 경험도 못했을 것입니다.
이들을 통해서 내가 만난 인연들이 얼마나 소중한지도 알게 되었습니다.
이 글을 쓸 수 있게 해주고, 많은 것을 느낄 수 있게 해주어서 더욱더 소중합니다.
아마도 이들이 저에게 격려와 용기를 주지 않았다면 이 책을 낼 수 없었을 것입니다.
고개 숙여 거듭 깊은 감사의 마음을 전합니다.
이 밖에도 이름을 다 담지는 못했지만 이 일을 하면서 만난 나의 인연들에게
고맙다는 말, 미안하다는 말, 감사하다는 말을 함께 전하고 싶습니다.^^

손성민